*Die Suche nach dem Dunklen führt oft an Orte
jenseits der Alpträume.*

Gristher Grimwalde

Düsterreport
Band 1: Der Endhown-Herrenhausspuk

von Gristher Grimwalde

Bibliografische Information der Deutschen Nationalbibliothek: Die Deutsche Nationalbibliothek verzeichnet diese Publikation in der Deutschen Nationalbibliografie; detaillierte bibliografische Daten sind im Internet über dnb.dnb.de abrufbar.

© 2021 Gristher Grimwalde
2. Auflage
Herstellung und Verlag:
BoD – Books on Demand, Norderstedt

ISBN: 9783754395349

Über den Schriftsteller

/grisgrimwalde

/grisgrimwalde

/grisgrimwalde

/grisgrimwalde

© Gristher Grimwalde

In der zweiten Klasse fing er an, Geschichten zu schreiben, und damit hat Gristher Grimwalde bis heute nicht aufgehört. Von Endzeitdramen bis hin zu den dunklen Abgründen der paranormalen Welt.

Für J.

Ohne dich hätte es das alles nie gegeben

;

Danke an mein Horror-Social-Media-Team
Dafür, dass ihr mir immer den Rücken stärkt.

Danke an meine Leserinnen und Leser.

*Zusammen gingen wir durch so einige
Finsternis*

Vorwort

Selbst wenn vieles unwirklich erscheint, gerade in unserem stressigen Alltag, gibt es dennoch die Welt hinter dem Vorhang, und nur sehr wenigen wird ein Blick dahinter gewährt.

Denkt an ein großes Theater. Ihr nehmt Platz und wartet gespannt, dass der Vorhang endlich aufgehen möge.
Während ihr wartet, stellt ihr euch vor, wer oder was sich gerade dahinter verstecken könnte. Vielleicht habt ihr ja schon bemerkt, dass er sich bewegt hat. Vielleicht ist jemand dicht daran vorbeigelaufen, aber ihr wisst es nie ganz sicher.

Doch öffnet sich der Vorhang erst, werdet ihr merken, dass die Wahrheit dahinter jegliche Vorstellungskraft übersteigt.

Kapitel 1

20. Jahrhundert

Es war ein Mittwoch. Ein kalter Nachmittag im Dezember. Zwischen der winterlichen Dunkelheit und dem dichten Nebel, der sich fast schon gemäldeartig über die Kulisse gelegt hatte, fuhr eine alte Regionalbahn am einzigen Gleis ein. Seine trüb strahlenden Scheinwerfer beleuchteten das Areal, so gut es ging. Darüber hinaus spendeten dort nur zwei oder drei gotische Laternen Licht. Diese ragten etwas versetzt voneinander in die dunkle Atmosphäre der anbrechenden Nacht hinein.

Zusammen mit zwei weiteren Herren mit Hüten betrat ich die Regionalbahn, welche mich in die nächstgrößere Stadt bringen sollte. Hinter mir zog ich einen kleinen, ledrigen Koffer mit. Darin hatte sich mein ganzer Besitz befunden. Darunter einige Wechselklamotten, einige Notizen und eine Plattenkamera. Viel war es nicht gewesen und ich führte auch kein sonderlich luxuriöses Leben. Mein Weg führte mich ruhelos von Ortschaft zu Ortschaft. Es war irgendwann der Punkt gekommen, in der das Leben wie ein Käfig auf mich gewirkt hatte. Lebensumstände brachten mich immer weiter hinunter in den Abgrund. Am Ende war ich so weit unten, dass ich mich auf dem höchsten Dach unserer Stadt wiedergefunden hatte. Da hatte ich die Wahl. Entweder ich würde springen oder etwas völlig verrücktes tun. Ich würde alles, was ich hatte nehmen und einfach verschwinden. Hinfort aus dem Leben, das ich einst kannte. Weg von meiner großen Liebe, der ich es nicht zu gestehen vermochte. Fern von meiner Familie, die nichts für mich übrig gehabt hatte.

Es kostete einiges an Überwindung. Der Mut hatte mir selbstredend gefehlt. Immerhin war es impulsiv. Mit dem restlichen Geld, welches ich mir seit Jahren angespart hatte, fasste ich dann doch den Entschluss hinaus in die Welt zu fliehen. Und mein kleines Apartment tauschte ich gegen einen Koffer.
Eine Laufbodenkamera hatte ich mir schon am Anfang meiner Reise zugelegt. Ich wollte die Welt nicht nur sehen, ich wollte sie auch für mich und andere festhalten. Nicht so, wie es andere Photographen gemacht hatten. Ich wollte keine schönen Motive bei Tag einfangen. Denn so war das Leben oftmals nicht.

Etwas anderes zog mich an jene Orte. Die Szenen, die nie richtig in den Fokus der Abbildenden geraten waren. Alte, verlassene und vergessene Szenerien hatten es mir wahnsinnig angetan. Darin erkannte ich mich auch ein Stück weit selbst.

Die Atmosphäre an jenen Örtlichkeiten faszinierte mich sehr. Ihre Geschichten und ihre eigene Dunkelheit. Diese Szenen wollte ich einfangen und sie für die Ewigkeit festhalten. Die gespeicherten Emotionen und Geschichten, die diese Lokalitäten innehatten, pulsierten regelrecht unter dem Schleier der menschengemachten Wirklichkeit.

Eine wahrhaftige paranormale Präsenz abzulichten, gehörte damals schon zu den höchsten Zielen meiner selbst.

Eine Idee wurde zu einer regelrechten Leidenschaft und meine Suche wurde zu einer Jagd.

In meiner Flucht hinaus in die düster-weite Welt hatte ich somit die Verfolgung alter Geister aufgenommen. Eine Hingabe, die noch mein gesamtes Leben verändern sollte.

Am nächsten Halt in einem kleinen Seitenbahnhof stiegen eine Handvoll Menschen hinzu. Diese verteilten sich rasch in den knapp sieben Waggons, die diese alte Eisenbahn durch die Landschaft einer von Nachkriegsfolgen und Depression geplagten Welt zog.

In meinem Abteil nahm eine relativ junge Dame schräg gegenüber platz. Ich war zu diesem Zeitpunkt Mitte zwanzig gewesen. Sie wirkte kaum ein bisschen älter. In ihrem edlen, bläulichen Kleid, verziert mit Schleifen und kleinen schwarzen Federn – im Haar ein nicht zu auffälliges Diadem – ließ sie nur allein mit ihrer Aura für einen Moment das Leid der Zeit vergessen. Ihre langen, gelockten, blonden Strähnen umschlossen ihre geröteten Wangen. Blaue Augen strahlten nahezu aus dem makellosen Gesicht heraus. In der Hand führte sie eine kleine Tasche.

Elegant überschlug sie ihre Beine und nahm sich darauf eine der alten Zeitungen zur Hand, die zwischen uns beiden auf dem kleinen Tisch vorlagen. Schon nach wenigen Momenten blickte sie über die Zeitung hinweg und erkannte, dass ich sie beobachtet hatte.

»Kann ich Ihnen irgendwie helfen?«, fragte sie zornig.

»Es tut mir sehr leid! Ich wollte Sie nicht behelligen! Oder gar Gaffen!«, hatte ich gesagt.

»Und wieso tun Sie es dann?«, wollte die Dame wissen.

»Verzeihen Sie mir, falls es so ankam! Sie haben eine immense Ausstrahlung, wenn ich das so sagen darf! Da achte ich drauf! Ich meine ... Ich habe eine Kamera! Also ich mache Fotos! Ehm ... !«, hatte ich gesagt und lief währenddessen etwas vor Scham rot an.

Die Dame zuckte nur kurz mit den Schultern und meinte dazu; »Ich mag keine Fotos! Die sind doch langweilig!«. Anschließend blätterte sie weiter in der veralteten Zeitung herum.

Ich blickte hingegen verlegen aus dem Fenster hinaus.

»Wollen Sie ihre Familie besuchen?«, wollte die Dame dann plötzlich wissen.

»Ehm ... Familie? Wie kommen Sie denn darauf?«, fragte ich zurück.

»Zwei Dinge! Erstens - Sie führen scheinbar eine Kamera mit sich! Und zweitens – das wirklich Naheliegendste – es ist Heiligabend!«, hatte die Dame lächelnd gesagt, während ihre Blicke noch immer wie gebannt in den Seitenblättern der Zeitung klebten.

»Nein! Es ist kein Familienbesuch!«, hatte ich geäußert und suchte damit auch das Ende dieser unangenehmen Konversation. Ich hatte mich geniert.

»Sie sind schon etwas sonderbar!«, hatte die Dame im späteren Verlauf kundgetan.

Ich schwieg verlegen weiter vor mich hin.

So verbrachten wir eine knappe Stunde stillschweigend im Waggonabteil und vermieden jeglichen Augenkontakt zueinander. Das Merkwürdige an der ganzen Sache war für mich gewesen, dass sich ihre Nähe so vertraut angefühlt hatte. Ich spürte Wärme in meinem vereisten Leib.

Kurz bevor wir Ulm erreicht hatten, fing ich dann langsam an, mir meinen Mantel umzulegen und den Reisekoffer griffbereit zur Seite zu stellen.

»Sie müssen hier auch raus?«, fragte die Dame neugierig.

Das hatte ich nicht erwartet. Meine Verlegenheit nahm Ausmaße an, die ich so zuvor noch nie wirklich verspürt hatte.

»Es ist nur eine Zwischenstation!«, erwiderte ich aufrichtig mit einem knallroten Kopf.

»Das ist mir vertraut! Ich wohne ja eigentlich in Augsburg! Führe einen Feinkostladen! Meine Eltern wohnen allerdings hier! Nun denn! Vielleicht sehen wir uns ja irgendwann wieder! Ich wünsche Ihnen noch ein schönes Weihnachtsfest!«, hatte die Dame mit einem Lächeln gesagt und anschließend das Abteil verlassen.

So hatten sich dort unsere Wege doch so schnell getrennt. Wie eigenartig das Leben manchmal sein konnte. So kurz diese Begegnung und der

Abschied auch gewesen waren, es machte mich irgendwie traurig.

Die anmutige, adrette und bezaubernde Dame, dessen Namen ich nicht einmal kannte, hatte es geschafft, ohne viel zu sagen, mein Herz höherschlagen zu lassen. Als hätte ich sie schon Ewigkeiten gekannt und nach Jahrtausenden hätten wir uns wiedergefunden. So hatte es sich angefühlt. Obwohl sie mir als Person völlig fremd gewesen war, fühlte ich mich ihr so nah. Ihre Seele schwang in denselben Höhen und Tiefen wie die meine.

Doch nun war sie fort und ich trauerte etwas darüber, diese Stunde nicht mehr genutzt zu haben. Nicht mehr aus mir herausgekommen zu sein. Es wirkte fast so, als hätte ich einen bedeutenden Teil meines Lebens, meines Herzens verloren.

Ganz kurz hatte ich Luft bekommen. Es war in mich eingedrungen und meine Lungen hatten sich gefüllt. Wie der frische, kalte Atemzug der Klarheit auf dem Gipfel der Erleuchtung. Nur diese eine Stunde in meinem Leben hatte ich seit Langem wieder das Leben, die Wärme und die Liebe spüren können.

Doch dann war alles vorbei. So schnell wie das Schwinden einer Schneeflocke im Geist der Zeit.

Am Bahnsteig in Ulm wartete ich anschließend auf meinen Anschlusszug. Die Dame hatte ich verpasst. Auf die Bahn musste ich noch ein ganzes Stück warten.

Auf einer Bank hatte ich Platz gefunden und blickte in einem wankenden Gefühlszustand in die Finsternis hinauf.
Da trennten mich noch etwa eineinhalb Stunden vor der Weiterfahrt. Also nahm ich einen kleinen Block aus meinem Koffer und versuchte unter der minimalistischen Beleuchtung der alten Laternen meine Gedanken niederzuschreiben.

'Haben wir uns verloren oder waren wir ohnehin nur Fremde,
Jeder mit Gepäck auf seiner Reise,
Am dunkelsten Abgrund, da warst du mir nah,
In den Tiefen deiner Augen machte mein Herz einen Schlag!'

In Traurigkeit faltete ich diese Seite aus dem Block und steckte es zwischen lose Fotografien meines Albums. Nun war diese Emotion eine Erinnerung unter anderen Erinnerungen geworden.

Im finsteren Nebel der Nacht fuhr dann endlich mein Anschlusszug in den alten Bahnhof von Ulm ein. Der letzte für den gesamten Tag.

Es hatte mich nicht gewundert, dass es dort am Gleis außer mir fast niemanden mehr gegeben hatte.
Selbst die Regionalbahn war auf ein Minimum heruntergefahren. Von den ohnehin wenigen vier bis sechs Waggons waren nur noch zwei sehr dürftig beleuchtet. Die anderen weilten in vollständiger Finsternis.

Im Übergangsbereich zwischen zwei Waggons packte ich meine Laufbodenkamera aus und schoss ein paar beeindruckende Bilder von diesen Szenen. Ich nannte diese Kulisse den Geisterzug an Heiligabend.

Während der einstündigen Fahrt holte mich langsam die Müdigkeit ein. Viel tat ich nicht. Ich sah zu, wie sich die immer weiter schwindenden Lichter der Häuser mit denen der Sternen irgendwo vermischt hatten. Drumherum gab es nichts mehr.

Kurz vor Mitternacht machte die alte Regionalbahn dann Halt in einer kleinen Stadt.

Strömender Regen hieß mich dort am Gleis willkommen.

Ich verließ den minimalistischen und menschenleeren Bahnhof und bog links in die Straße ab.

Mit schnellen Schritten gelangte ich dann auf eine breite Kreuzung. Die Wege und Seitengassen waren noch mit den alten, großen Steinen gepflastert gewesen. Die dortigen Szenen waren schlicht, düster und altertümlich.

Nachdem ich dort rechts weitergelaufen war, kam ich zu den Brücken.

Es gab einen Fluss, der durch die gesamte Stadt floss. An mehreren Stellen führten Steinbrücken darüber.

Auf der anderen Seite reihten sich beeindruckende Bauten auf. Die Behausungen besaßen noch ihren Charme aus den vergangenen Jahrhunderten. Alte Fachwerkhäuser zierten dort das Bild dieser wunderschönen Stadt in den wenigen Lichtern der Nacht.

Ganze Kilometer legte ich dort zurück.

Über die Hauptbrücke fand ich in die Innenstadt. Eine Magie weilte an diesem Orte und die festlich weihnachtliche Dekoration verlieh ihr den letzten Schliff. Es war eine düster-schöne Perfektion. Geschaffen aus einer Mischung bestehend aus Idylle, Ruhe und Dunkelheit.

In der leeren Stille konnte die Ortschaft ihre Geschichten erzählen, ohne gestört zu werden. Geschichten von schönen Welten und den tiefen Abgründen unserer Alpträume. Im düsteren Schein des Mondlichtes.

Natürlich fotografierte ich auch diese Kulisse für mein Album.

In den Facetten der Einsamkeit durchquerte ich während eines spätherbstlichen Niederschlags die Seitenstraßen aus der Innenstadt hinaus und kam auf einen geraden Weg.

Dort standen die letzten kleinen Häuschen der Stadt. Das Ende dieser Strecke mündete dann zu einer Abzweigung auf die Autobahn.

Vor dem letzten Haus kurz vor dem Ortsausgang bin ich dann stehen geblieben.

Vor mir befand sich ein länglicher Wohnkomplex. Auf der rechten Seite gab es einen Bäcker. Auf der linken Hälfte eine einzelne Haustür. Hoch war das Gebäude nicht gewesen. Es gab ein unter- und ein Obergeschoss. Ich konnte mir gut vorstellen, dass sich das Obergeschoss der Wohneinheit über die komplette Fläche des Gebäudes erstrecken könnte.

Ich sah kurz in einen meiner Notizzettel und schritt dann vor zur ebenerdigen Haustür.
Der Intention zu klingeln konnte ich allerdings nicht nachkommen. Dort befand sich nichts dergleichen.
Der Frust kam auf. Also drückte ich etwas gegen die Tür und zu meiner Überraschung ließ sie sich tatsächlich sehr leicht öffnen.

Dahinter fand ich mich in einem unbeleuchteten Korridor wieder. Er war nicht sehr breit. Zwei Menschen hätten nebeneinander nicht dort hindurch gepasst.
Mit müden Schritten wagte ich mich weiter hinein, während meine Hände die sehr dichten Wände um mich herum abtasteten. Kurz bevor der Hausflur nach rechts abging, hatte ich eine weitere Tür auf der linken Seite ertasten können. Ich atmete einmal durch und klopfte an.

Keine Reaktion. Es verging fast eine halbe Minute. Dann klopfte ich noch einmal. Wieder tat sich nichts.

Ich war gerade dabei, wieder umzudrehen, da hörte ich hinter der Tür einen sehr bizarren Laut. Es klang fast so, als würde man etwas sehr Schweres durch den Flur schleifen. Es erinnerte etwas an das Kratzen einer Katze.

Plötzlich sprach eine Dame in einem undefinierbaren Tonfall; »Ja? - Wer ist da?«

»Ja! Schönen Heiligabend! Wohnt hier vielleicht ein Herr Stein?«, wollte ich wissen.

»Wer soll das sein?«, fragte die unheimliche Person zurück.

»Ich habe vor ein paar Jahren einen Herrn Stein im Krankenhaus kennengelernt! Damals ging es mir nicht so gut! Jedenfalls hatte Herr Stein mir seine Adresse gegeben! Er nannte mir diese Stadt! Diese Straße! Die Wohnung am Ortsausgang - hier über dem Bäcker! Er meinte, falls ich noch einmal seinen Rat bräuchte, könne ich vorbeikommen!«, hatte ich erzählt.

»Das ist die einzige Wohnung hier in dem Haus! Daher – Nein! Hier gibt es keinen Herrn Stein! Ich wohne allerdings auch erst seit sieben Monaten hier! Es könnte also gut möglich sein, dass Sie ihn verpasst haben!«, hatte die Dame gerufen. Sie schien mich dabei durch den Türspion zu beobachten.

Viel konnten wir beiden somit nicht wirklich erkennen. Die einzige Lichtquelle war das einfallende Mondlicht durch die offene Haustür, durch die ich den Gang betreten hatte.

Ich wurde etwas traurig. Meine Reise schien ein unerwartetes Ende gefunden zu haben. Nun war ich völlig umsonst so weit hinunter gereist.

»Es tut mir wirklich leid, dass ich Sie gestört habe! Wirklich! Ich danke Ihnen trotzdem für die kurze Unterhaltung und wünsche weiterhin ein schönes Weihnachtsfest!«, hatte ich gesprochen und wollte gerade umdrehen, da stoppte sie mich. So gut es verbal gehen konnte.

»Ihrem Gepäck nach zu urteilen, schätze ich, dass Sie nicht gerade um die Ecke wohnen! Da nun auch keine Züge mehr fahren … Haben Sie denn einen Ort zum Schlafen?«, wollte die Dame wissen.

»Ich hab auf dem Weg hier her ein Hotel gesehen! Die Straße herunter!«, hatte ich geantwortet.

»Wir haben hier gefühlt zwei Hotels mit jeweils vier oder fünf Zimmern, und es ist Heiligabend! Wie schätzen Sie ihre Chance ein?«, wollte sie wissen.

Mir fehlten die Worte.

»Wenn Sie diesen Flur weitergehen, kommen Sie an einen kleinen Durchgang! Ein Eintritt ohne Tür! Dort haben die Anwohner früher ihre Kutsche untergebracht! Wenn Sie wollen, können Sie dort nächtigen! Es müssten dort sogar noch alte Tücher und Kissen zu finden sein!«

Nach einem kurzen Zögern, nahm ich das

Angebot schließlich an. Der ganze Tag hatte sich abgezeichnet und ich suchte nach den erholsamen Stunden des Schlafes.

Die Dame hatte sich als Melanie vorgestellt und wies mich darauf hin, dass die vorderen Klappen des Raumes vernagelt wären und es möglicherweise dort auch kein Licht gäbe. Sie hätte diesen Raum auch nie wirklich benutzt.

Nachdem ich mich noch einmal bei ihr bedankt hatte, tastete ich weiter den Flur in der Dunkelheit ab und kam dann schließlich zum Durchgang ohne Tür.

Es war eine große Abstellkammer. Erinnerte etwas an einen alten Keller.

Zu meinem Glück konnte ich dort eine Ersatzmatratze zusammenstellen.

Ohne großartig nachgedacht zu haben, bettete ich meinen erschöpften Leib nieder und verschwand vollständig im Reich der Träume.

Kapitel 2

Am späten Vormittag des ersten Weihnachtsfeiertages wurde ich unerwartet geweckt. Etwas Kleines sprang um mich herum. Ich bemerkte erst kurz darauf einen kleinen Zwergspitz mit rotbraunem Fell, der mir übers Gesicht herfiel. Der kleine Hund freute sich so stark, dass er nicht mehr aufhören konnte, mir über mein Gesicht zu lecken.

»Na, wer bist du denn?«, hatte ich geäußert ohne eine richtige Antwort zu erwarten.

»Das ist Ginger!«, hatte plötzlich jemand gesagt. Ich blickte daraufhin panisch um mich herum und suchte mit meinen Augen den vollständigen Raum ab. Dann sah ich die Öffnung eines kleinen Lüftungsrohres an der Wand.

»Du bist Melanie! Die Dame von gestern, nicht wahr?«, hatte ich gefragt.

»Ich hoffe, Ginger hat dich nicht erschreckt! Er ist gewöhnlich nicht so zutraulich!«, erwiderte Melanie.

Die Wohnung war scheinbar mit der

Abstellkammer durch die Ablüftung verbunden gewesen.

»Ist es dein Hund?«, wollte ich anschließend wissen.

»Nein! Ginger gehört dem alten Herrn Eckert! Der kleine Rabauke reißt öfter aus, da der alte Herr nicht mehr so gut zu Fuß ist! Er ist eben schon in die Jahre gekommen! Bei der ersten Gelegenheit, die sich bietet, läuft Ginger selbst Gassi! Sozusagen! Das kennen wir hier alle schon! Aber zum Glück landet er meistens hier! Mich kennt er mittlerweile ziemlich gut! Normalerweise bringe ich ihn dann wieder zurück, aber heute sieht es schlecht bei mir aus! Darum wollte ich dich eigentlich bitten!«

»Ja klar! Das kann ich machen!«, hatte ich erwidert.

»Das ist nett von dir! Herr Eckert wohnt im Haus hinter den Feldern! Du wirst es leicht finden!«, hatte Melanie gesagt und wurde still. Smalltalk gehörte leider auch nicht zu meinen Stärken.

Nach unangenehm endlosen zwei Minuten bedankte ich mich noch einmal herzlich bei Melanie, schnappte mir meine Sachen und machte mich zusammen mit Ginger auf den Weg in den Hausflur.

Zum Glück hatte ich eine kleine Seilrolle mit dabei. Davon schnitt ich mir ein langes Stück ab und band eine Seite am Halsband des kleinen Ginger fest.

Das Tageslicht erhellte mittlerweile den schmalen Hausflur. Das machte das Hindurchgehen wesentlich angenehmer.

Als ich erneut vor Melanies Wohnungstür stand, rief ich noch einmal »Mach's gut!, und wartete anschließend einen kleinen Augenblick.

Doch sie hatte nicht geantwortet.

Da ich aber definitiv jemanden hinter der Tür gehört hatte, wusste ich, dass sie dort gewesen sein musste.

Der Umstand, dass sie mich womöglich erneut durch den Türspion beobachtet hatte, bereitete mir jedoch etwas Angst. Es war unbehaglich gewesen, dort zu stehen.

Also lief ich dann mit schnellen Schritten den Flur weiter bis zur Haustür vor.

Als ich gerade nach draußen wollte, lief ich aus Versehen gegen eine andere Dame, die scheinbar gerade angekommen war. Sie schien etwas älter und hatte lockige, graue Haare gehabt.

Wir hatten uns in dem Moment beide erschreckt.

»Ach, da ist ja der Ginger!«, hatte die Dame erstaunt festgestellt.

»Ja, ich wollte ihn jetzt gerade zurückbringen!«, erwiderte ich.

»Ach! Kennen Sie wohl Herrn Eckert?«, wollte sie wissen.

»Nein, das tue ich nicht! Mir wurde hier nur gesagt, dass es das Haus hinter den Feldern ist!«

»Ja, das stimmt! Einfach den Feldweg hoch! Dann sehen sie es schon! Nun gut! Ich muss ohnehin wieder zurück in den Laden! ... Wollen Sie vielleicht ein belegtes Brötchen für unterwegs!«, wollte die Dame anschließend wissen.

Wie sich herausgestellt hatte, arbeitete sie in dem Bäckerladen gleich nebenan und legte gerade eine kleine Zigarettenpause ein. So nett wie sie war, gab sie mir zwei belegte Brötchen mit.

Während das Sonnenlicht durch trübe, graue Wolken gefiltert hinunter schien, begab ich mich dann auf den ländlichen Pfad hinaus - entlang der Felder. Dieser hatte sich auf der anderen Straßenseite befunden und wich immer weiter von der Autobahn ab.

Irgendwann habe ich mich so weit entfernt von der Straße befunden, dass man nicht einmal mehr das dumpfe Lauten der Kraftfahrzeuge vernehmen konnte.

Aufgereihte Bäume zierten diese Momentaufnahme. Die Bilder einer in der Zeit stehen gebliebenen Welt hatten sich dort festgesetzt. Verloren irgendwo in einer fortschreitenden, destruktiven Linearität.

Nach einem abgeflachten Hügel sah ich das Anwesen dann zum ersten Mal aus der Ferne.

Ich kam auf ein monumentales, zweistöckiges Bauwerk zugelaufen, das in der Mitte ein spitz zulaufendes Dach besaß. An beiden Seiten gab es Dachschrägen, die zu einem eckigen, kegelartigen Aussichtsturm mit einer rötlichen Spitze zusammenliefen.
Dunkle hölzerne Fensterbretter schmückten eine schwarze, altertümliche Fassade. Holz und Stein wurde majestätisch verarbeitet und zu mehr als nur einem Haus geformt. Es wirkte wie ein Kunstwerk aus einer gotischen Zeit.

Auf den Dachkanten saßen schwarze Krähen, die in die trübe Atmosphäre des dunklen Tages hinein krächzten und mich so willkommen hießen.

Das Anwesen umschloss eine sehr niedrige Steinmauer. Diese ragte gerade einmal einen knappen Meter hoch. Es führte ein alter Weg direkt auf das Bauwerk zu. Ein Metalltor gab es nicht mehr. Jedoch konnte man an den Seiten Scharniere und Halterungen eines Tors erkennen.

Nach der Pforte fand ich auf der linken Seite hinter den Bäumen versteckt ein kleines Häuschen. Während ich mir diese minimalistische Behausung ansah, kam plötzlich ein älterer Herr dort hinausgelaufen. Ich vermutete, dass es sich hierbei um Herrn Eckert gehandelt hatte.
Er ging an einem Gehstock und schien tatsächlich nicht mehr so gut laufen zu können. Ein kurzer, gepflegter grauer Bart hob sein kantiges Gesicht hervor. Er trug eine alte Hornbrille, dessen Gläsern alt und trüb geworden waren.

»Frohe Weihnachten, guter Herr! Ich bringe den kleinen Ginger zurück!«, hatte ich frei heraus gesagt.
»Frohe Weihnachten, mein Junge! Ja! Frau Müller hat mich schon angerufen und gesagt, dass Sie kommen würden! Ich bin Ihnen wirklich sehr dankbar!«, hatte der alte Mann erwidert.

Ich band Ginger los und dieser rannte

daraufhin direkt in das kleine Haus hinein.

»Der Arme! Hat vermutlich Durst!«, sagte Herr Eckert und lächelte dabei.

»Eigentlich wollte ja Frau Müller? … Ginger vorbeibringen, aber sie ist gerade etwas verhindert! Deswegen habe ich mich angeboten!«, hatte ich gesagt und war gerade dabei, wieder zu gehen, da fragte mich Herr Eckert; »Das ist ja ein großer Koffer, den Sie da dabei haben! Sind Sie nicht von hier?«

»Nein, ich komme von weiter her!«, hatte ich geantwortet.

»Was verschlägt Sie in den Süden?«, wollte er wissen.

»Ich war auf der Suche nach einem Bekannten! Nun bin auf der Suche nach einem neuen Hafen!«, erwiderte ich.

»Ist denn Ihr Schiff noch auf See?«, fragte Herr Eckert.

»Aktuell treibe ich in unbekannten Gewässern!«, setzte ich die Metapher fort.

»Gut! Dann sind Sie ja ein wahrer Entdecker! Man findet keine neuen Ufer, wenn man in bekannten Gewässern treibt! Halten Sie weiter den Kurs! Dann werden Sie sicherlich irgendwann einen neuen Hafen ansteuern!«, hatte er gesagt.

Obwohl mich die Worte aufbauen sollten,

bewirkten sie das komplette Gegenteil.

Doch Herr Eckert wirkte seinerseits auch am Ende zu sein. Er griff sich mit einem schmerzverzerrten Gesicht ans Bein und tastete die Hauswand ab. Danach setzte er sich auf einen kleinen Hocker, welcher nicht sehr weit von der Eingangstür seiner kleinen Behausung gestanden hatte.

»Verzeihen Sie mir, falls ich Ihnen etwas zu nahe trete, aber geht es Ihnen gut? Sie wirken ziemlich bedrückt!«, stellte ich fest.

»Das bin ich in der Tat, mein Kind! Meine Beine tun es nicht mehr! Ich schaffe kaum noch die Treppen im Herrenhaus! Ich schiebe eine wichtige Operation seit Jahren auf! Dafür müsste ich mehrere Wochen ins Krankenhaus und dann vermutlich noch Rehabilitation! Was wird dann aus Ginger und den anderen? Wer soll sich um sie kümmern? Seit dem Tod meiner Frau sind sie die letzte Familie, die ich noch habe!«, hatte der Mann gesagt.

»Verzeihen Sie, aber was machen Sie hier eigentlich alleine?«, wollte ich wissen.

»Das Herrenhaus, das sie da vorne sehen - das gehört der Wilma! Wir sind hier zusammen aufgewachsen! Nach der Schule stellte sie mich als Verwalter ein! Ich kümmere mich um das

Anwesen ihrer Familie und halte alles am Laufen! Wilma und ihre Familie leben allerdings nicht mehr hier! Sie sind schon vor Jahren verzogen! Das Haus muss trotzdem gepflegt und erhalten werden!«, erzählte Herr Eckert.

»Und Ginger ist dann Wilmas Hund?«, wollte ich wissen.

»Nein!«, hatte Herr Eckert gesagt und fing an zu lachen. »Ginger ist tatsächlich mein Hund! Unser Hund! Wir hatten ihn damals zu uns geholt! Leider schaffe ich das Spazierengehen nicht mehr so gut, wie früher! Mein Bein bereitet mir da zunehmend Ärger!«

Herr Eckert schien so, als ob er niemanden hatte. Trotzdem versuchte er, alles zu meistern. Auch wenn er selber etwas Hilfe vertragen konnte.

»Vielleicht hätte ich eine Idee!«, hatte ich gesagt und druckste dabei etwas herum.

»Erzählen Sie mir von dieser Idee!«, sprach Herr Eckert neugierig.

»Es wäre nicht ganz uneigennützig für mich, aber ich könnte ja so lange hier auf Ginger und ihre anderen Tiere aufpassen! Dann können Sie sich Ihrer Operation unterziehen!«, hatte ich vorgeschlagen.

Der alte Mann wurde kurz still. Er schien zu überlegen. »Ja!«, murmelte er immer wieder. »Frau Müller scheint sie ja zu kennen! Daher denke ich, dass ich Ihnen vertrauen kann! Es wären ja ohnehin nur Wochen! Vielleicht einen Monat! Ja, das könnte gehen! Ich muss Wilma jedoch erst fragen! Schließlich gehört das Anwesen ihr! Aber ich denke, du wirst mich schon ein paar Wochen vertreten dürfen!«, hatte er gesagt.

Dass Frau Müller oder wie ich sie nannte – Melanie - mich nur flüchtig gekannt hatte, verschwieg ich in dem Augenblick. Ich hatte ja ohnehin nichts Schlimmes vor gehabt. Aber so konnte ich noch ein Weile überlegen, was ich mit dem Rest meines Lebens anstellen würde und half dabei auch noch einem alten Herrn in Not.

Ich wählte über sein Telefon, welches sich gleich im Eingangsbereich an der Wand befunden hatte, die Nummer eines Gasthauses an der Donau und fragte dort nach Übernachtungsmöglichkeiten.
Anschließend hatte ich mich von Herrn Eckert verabschiedet.
Der alte Mann schleppte sich mit müden und schmerzhaften Schritten wieder ins kleine

Häuschen zurück und verschloss die Tür.

Ich entschied mich, noch einen kurzen Augenblick dort zu verweilen. Das Anwesen hatte es mir angetan. Also nicht das Kleine. Ich meine das Hauptgebäude. Das Herrenhaus hatte mich in seiner Vollkommenheit beeindruckt.

Je näher ich diesem Bauwerk, welches eine rapide Finsternis in sich trug, herankam, desto mehr verlor ich mich weiter in einem Zustand der völligen Desorientierung.

Nicht nur konnte ich in diesem Moment nicht einmal mehr sagen, woher ich kam, was mein Leben ausgemacht hatte, sondern hatte zudem auch jeglichen Bezug zur einstigen Realität verloren, in dessen ich glaubte, zu leben.

In diesem Augenblick hatte sich die Stimmung gewandelt. Leichte Angst kam in mir auf.

Ich blickte noch einmal um mich herum. Doch konnte niemanden erkennen.

Als ich meine Kamera gezückt hatte und gerade vom Gebäude ein Bild machen wollte, sah ich einen Herren mit kurzen, grauen Haaren an einem der rundlichen Fenster aus dem Obergeschoss des Hauses vorbeigehen. Er trug dabei etwas vor sich hin. Es wirkte wie ein

Käfig. Nun ja, Herr Eckert hatte schließlich erwähnt, dass es noch andere Tiere gegeben hatte.

Anschließend steckte ich die Laufbodenkamera wieder weg und machte mich auf den Weg zurück.

Auf der Höhe der Brücken dieser beeindruckenden alten Stadt suchte ich dann das zuvor kontaktierte Gasthaus auf und buchte mir dort ein Zimmer.

Es war tatsächlich ein sehr kleiner Betrieb gewesen. Wie es Melanie schon gesagt hatte.

Das Gästezimmer selbst war in seiner Aufmachung nicht wirklich luxuriös, doch mehr als ausreichend.

Mit dem Blick aus dem Fenster hinunter zur Donau bettete ich mich dann schließlich zur Ruhe, regenerierte mich von einer fehlgeschlagenen Reise und tankte Kraft für den Anfang der Suche nach einer neuen Perspektive im Leben.

In den leeren Stunden des zweiten Weihnachtsmorgens spazierte ich auf die Brücke. Ich lehnte mich über das steinige Geländer und beobachtete den Fluss des Wassers. So gut es ging. Der Himmel trug noch immer die Schwärze der Nacht und trübte so mein ohnehin schweres Gemüt. Ich dachte an die Zeit meiner Kindheit zurück. Die Erinnerungen an eine liebevollere Ära füllte die einsame Leere in mir für einen kurzen Augenblick.

Als ich das Gasthaus erneut betreten hatte, teilte mir der Rezeptionist mit, dass ein Herr Eckert mir übers Telefon seine Grüße dagelassen hätte. Ich dürfte nun ins Endhaun-Herrenhaus zurückkehren.

Über das hausinterne Telefon kontaktiere ich im Anschluss den alten Herren und dieser teilte mir schon vor ab, die groben Einzelheiten mit. Den restlichen Tag verbrachte ich in einem sehr bedrückten Zustand. Jedenfalls waren die beiden Feiertage an mir vorbeigegangen.

Nach Weihnachten zog ich dann meinen Koffer erneut über die Feldwege hinweg und näherte mich so dem abgeschiedenen Herrenhaus.
Das Wetter und die Atmosphäre hatten sich nicht gebessert. Noch immer lag eine beklemmende Stimmung in der kalten Winterluft. Die Sonne war seit Tagen nicht mehr wirklich durch die grauen Wolkendecken gebrochen. Es war düsteres Tageslicht gewesen.

Als wäre alles Schöne und Bedeutungsvolle im Leben nichts mehr wert. Kein Hoffnungsschimmer spross aus den einstigen grünen Wiesen der Glückseligkeit hervor. Das Haus unterstrich noch einmal diese aufkommenden Emotionen.

Herr Eckert übergab mir schon in der Eingangspforte die alten, rostigen Schlüssel für das Hauptgebäude.
»Ist es in Ordnung, dass ich im Herrenhaus bleibe? Zur Not hätte ich auch in Ihrem Häuschen nächtigen können! Ich möchte ja nicht den anderen Hauspfleger stören! Oder die anderen!«, hatte ich gesagt.
»Andere Hauspfleger? Nein! Das Herrenhaus ist leer! Schon seit vielen Jahren! Dort werden Sie niemanden stören! ... Wilma sagte, Sie können das Gästezimmer im ersten Stockwerk beziehen! Die Einrichtung ist vielleicht etwas verstaubt!«, antwortete Herr Eckert.

Wir liefen über den Vorhof zum Hauptgebäude hinüber. Dabei hatte ich sehr aufmerksam auf die Fenster geachtet. Wäre es im Rahmen des Möglichen, dass die Person, die ich glaubte, gesehen zu haben, gar nicht dort gewesen war?

Im Inneren des Hauses eröffnete sich mir ein

Anblick, den ich so zuvor noch nie zu Gesicht bekommen hatte. Der Flur und somit auch der gesamte Boden bestand aus massiven, hellen und kunstvoll verzierten Holzdielen. Das Gebäude führte auf der linken Seite in einen größeren Raum ab. In diesem hing ein edler Kronleuchter. Es gab einen Kamin und zwei hochwertige Sofas davor.

Weiter im Flur konnte man durch einen Durchgang rechtsrum schreiten. Dort befand sich hinter einer Holztür ein terrassenartiger Raum. Mindestens vier große Fensterscheiben befanden sich an den Seiten. In diesem Raum standen zwei sehr große Vogelkäfige. Darin flogen je zwei Kanarienvögel umher.

Herr Eckert wies mich darauf hin, auch diese in der Fütterung nicht zu vergessen.

Anschließend führte er mich den Hausflur weiter.

Im hinteren Teil des Anwesens mündete der Korridor in eine saalartige Räumlichkeit.

Dort erstreckte sich eine voluminöse wendelartige Treppe hinauf auf das obere Stockwerk. Das Geländer trug eine dunkelbraune Farbe und war stellenweise gewoben.

»Über diese Treppe gelangen Sie hinauf auf das erste Stockwerk! Dort finden Sie auch gleich auf der rechten Seite das Gästezimmer. Wenn Sie dort den Flur weiterlaufen, kommen Sie am anderen Ende zum Treppenturm! So finden Sie auf den Dachboden! Da ist ein kleines Lager an Glühbirnen, Leiter und Werkzeug! Ich war dort aber seit Jahren nicht mehr! So wie auch im oberen Stockwerk! Das schaffe ich in meiner Verfassung einfach nicht!«, hatte mir Herr Eckert erklärt.

Nach der kurzen Erkundungstour rief er seinen Hausarzt an. Keine Stunde später holte dieser Herrn Eckert dann mit seinem Auto ab. Der Arzt, der sich mir als Dr. Hartmann vorgestellt hatte, bedankte sich auch noch einmal und erklärte mir, dass ich auf diese Weise Herrn Eckert eine schon längst überfällige stationäre Behandlung ermöglichen würde.

Die Beiden fuhren dann im Anschluss vom Gelände.
Mit Ginger zusammen beobachtete ich, wie das Auto in der Ferne immer kleiner wurde.

Alles war so schnell an mir vorbeigerast. Nicht einmal mein mulmiges Gefühl, dass ich zu diesem Gebäude hegte, konnte mich in dieser kurzen zeitlichen Intervall einholen.

Ich betrat das Herrenhaus und verschloss die

Eingangstür hinter mir. Anschließend begab ich mich mit dem Koffer unter meinem Arm das aller erste Mal die antike Treppe hinauf auf das obere Stockwerk.

Die alten morschen Treppenstufen knirschten bei jeder kleinsten Bewegung. Die Treppe machte in Höhen eine hundertachtzig-Grad-Kurve und führte mich in den noch finsteren Hausflur der ersten Etage.

Es war ein sehr schmaler Gang. Äußerst ungünstig ragten hin und wieder Laternen hervor.

Mit seitlich ausgestreckten Armen hätte ich vermutlich nicht hindurchgepasst. Ich konnte daher nicht sagen, ob es an der Beschaffenheit des Anwesens gelegen hatte, aber in mir kam ein ziemlich ungutes Gefühl auf.

Ich bog rechts ins Gästezimmer ab und befasste mich gar nicht mehr mit dem Innenleben des Hauses. Ich versuchte es so gut wie möglich auszublenden.

Kapitel 3

Ein kalter, winterlicher Regenschauer war hereingebrochen. Der Himmel ließ nur noch sehr wenig Licht durch und das schon am frühen Nachmittag. Ein grauer, intransparenter Schleier verhüllte das Firmament und blendete so den Blick meiner übrig geblieben Lebensfreude.

Die einzelnen, voluminösen Regentropfen prasselten scharf gegen die Fensterscheiben des Gästezimmers.

Ich hatte nichts gegessen. Ich hatte nichts getrunken. Ich war in einem völlig desorientierten Zustand auf dem Bett vor mich hin vegetiert. Normalerweise hatten mir neue Umgebungen nicht so eine innere Unruhe bereitet. Diese jedoch schon.

Ob es an der alten Wanduhr lag, die zu jeder vollen Stunde Gongschläge von sich gegeben hatte oder dem alten Spiegel, dessen Oberfläche schon so verstaubt gewesen war, dass man darin nichts mehr erkannte, konnte ich nicht sagen.

Der kleine Zwergspitz, der auf den Namen

Ginger gehört hatte, schlief dagegen seelenruhig neben mir.

Bei meinem ersten Gang ins Badezimmer des Herrenhauses stießen mir all die alten Fotografien ins Auge, welche verstreut an den Wänden hingen. Es waren alte Bilder. Menschen, die zu diesem Zeitpunkt sehr wahrscheinlich schon tot gewesen sein mussten. Das stärkte mein Unbehagen. Ihre Blicke verfolgten mich in diesem alten, dunklen Gang. Sie wirkten aus den Fotografien hinaus und beeinflussten das dortige Jetzt.

Dort draußen gab es nichts. Absolut gar nichts, dass die Natur hätte stören können. Kein Kinderlärm, keine Autos, keine nervigen Nachbarn. Es war eine finstere Festung vor der Welt und in der Hinsicht hatte sie mir ja schon etwas gefallen. Ein kreativer Geist konnte dort aufblühen. Das, was die Großstadt zerstört hatte, heilte nun in der abgeschiedenen Dunkelheit am Ende der Welt.

Sie füllte meine Seele mit Düsterheit und gab mir ein warmes Gefühl in der hereinbrechenden, eisigen Kälte des tiefen Winters.

In den ermüdenden Stunden des späten Abends schwanden meine Kräfte dahin. Als ich auf diesem Bett gelegen hatte, konnte ich regelrecht spüren, wie meine Energie aus meinem Körper hinausgezogen wurde. Wie im Magen einer Venusfliegenfalle gefangen, in der die Nährstoffe absorbiert werden, so geschah es mit mir in den Räumlichkeiten des Herrenhauses.

Irgendwann wurde Ginger aktiver. Da verstand ich, dass der kleine Zwergspitz noch einmal hinaus wollte. Zu diesem Zeitpunkt musste es in etwa zweiundzwanzig Uhr gewesen sein.
Ich betätigte zunächst den Lichtschalter im Gästezimmer. Anschließend für den Flur. Die alten Glühbirnen füllten sich mit Spannung und leuchteten zurrend vor sich hin. Das Licht war nicht sonderlich hell. Noch dazu flackerten sie leicht, doch was konnte ich schon erwarten.
Ginger rannte vorneweg ins untere Stockwerk und positionierte sich direkt vor der Eingangstür des Anwesens. Ich folgte langsam hinterher.

Als ich diese aufgesperrt und geöffnet hatte, huschte Ginger hinaus. Erst da war mir wieder eingefallen, dass der kleine Zwergspitz gerne davonlief. Die Leine hatte ich vergessen.
Ginger rannte über den Vorhof und verschwand im dichten Nebel. Ich sprintete hinterher und

verfolgte ihn über die Feldwege. Ginger reagierte selbst auf meine Rufe nicht einmal mehr.

In dieser regnerischen Winternacht verfolgte ich den kleinen Zwerspitz über die weiten Felder.

Ich passierte in der Finsternis die leeren Bäume, die im Regen tänzelten. Ein kalter Wind fegte durch die flachen, nahezu frei stehenden Felder hinweg. Schon nach wenigen Metern war ich vollständig durchnässt gewesen.

Kurz vor der Stadt erwischte ich ihn dann endlich. Ginger hatte mich kurz angeknurrt, als ich ihn emporhob.

»Was bist du denn für ein Ausreißer!«, sprach ich daraufhin vorwurfsvoll.

Mit dem rot-braunen Kleinhund auf dem Arm ging es dann dieselbe Strecke wieder zurück. Zu diesem Zeitpunkt sehnte ich mich nach einer erholsamen Portion Schlaf.

Doch als ich den Vorhof des Herrenhauses wieder betreten hatte, realisierte ich, dass die Haustür die ganze Zeit offen gestanden war.

In Rage hatte ich diese vergessen. Die Müdigkeit hatte rapide zugenommen, während ich dort fast verzweifelte.

Ich wägte die Möglichkeiten ab, ob in der

zeitlichen Spanne meiner Abwesenheit es überhaupt möglich gewesen wäre, dass jemand das Haus betreten haben könnte. Je länger ich darüber nachdachte, desto wahrscheinlich schien es mir. Und die Müdigkeit schritt weiter voran.

Irgendwann hatte ich mich mit Ginger zusammen auf die Steinwand gesetzt. Mit gutem Blick zum Herrenhaus.
Meinen Kopf lehnte ich immer wieder gegen die hohe Steinkante, die einst im Bogen über den Eingang zum Vorhof geragt hatte, und schloss dabei die Augen für kurze Augenblicke.

Irgendwann hatte meine Müdigkeit gegen die Angst triumphiert. Mit schnellen Schritten begab ich mich zum Eingang des Anwesens und verschloss die Haustür. Vorsichtig lief ich den kompletten Flur durch. Ginger hielt ich dabei auf meinem Arm und drückte ihn so gegen meine Brust. Mein Herz schlug dahinter wahnsinnig schnell.
Im Obergeschoss verschwand ich ins Gästezimmer. Auch dort sperrte ich die Tür ab. Danach setzte ich Ginger wieder auf den Boden.

Von der Müdigkeit überwältigt, fiel ich förmlich in das Bett hinein und schloss meine Augen. Es dauerte nicht wirklich lange und ich war im Reich meiner Träume verschwunden und die Welt außerhalb verstummt.

Gegen zwei Uhr nachts wurde ich wieder wach. Ich hatte es an den zwei hintereinander folgenden Gongschlägen der Uhr bemerkt. Doch ich konnte nichts Ungewöhnliches erkennen. Dann sah ich Ginger.
Der kleine Schmusehund hatte sich aufgerichtet und blickte mit gespitzten Ohren in die Dunkelheit des Gästezimmers hinein.

Meine Intention war zu diesem Augenblick, nach meiner Kamera zu greifen. Noch bevor ich diese mit meiner Hand erreichen konnte, klopfte es plötzlich unten an der Haustür. Ginger sprang auf und bellte einmal laut. Dann klopfte es ein weiteres Mal. Und das nicht gerade auf eine sanfte Art.
Die heftigen Schläge waren sogar bis ins obere Stockwerk in einer enormen Lautstärke gehallt.

Mit gesammelten Mut wagte ich mich aus dem Gästezimmer hinaus und lief die Treppe nach unten. Ganz leise und vorsichtig. Das Licht blieb ausgeschaltet. Ginger folgte mir merkwürdigerweise nicht.

Im unteren Stockwerk angekommen, atmete ich einmal tief durch. Dann schritt ich weiter voran. Je näher ich der Haustüre kam, desto schneller schlug auch mein Herz.

Um mich herum blickten mich erneut die unbekannten Personen auf den Fotografien an. Gut geschützt in der Dunkelheit schienen sie ihre Anwesenheit energetisch zu verdeutlichen. Ich fühlte es von meiner Haut bis in die Knochen. Angst kam auf. Eine beklemmende Stimmung hatte sich entfaltet.

Ich blickte durch den Türspion, doch es war niemand zu sehen. Während ich gerade gespannt nach außen geblickt hatte, bewegte sich eine Falte meines Pullovers, am unteren Ende des Rückens, nach unten. Zunächst hatte es sich so angefühlt, als ob sie durch meine leicht gebückte Körperhaltung einfach verrutsch wäre. Doch der Rutsch ging in ein Ziehen über und ich bemerkte die Kraft, die dahinter gesteckt hatte.
Voller Panik drehte ich mich anschließend um und suchte den dunklen Korridor mit meinen Blicken ab. Doch da war nichts gewesen.

Unter enormer Anspannung durchquerte ich die beängstigende und dunkle Einrichtung und

fand meinen Weg zurück ins Gästezimmer. Da traf ich auch Ginger wieder. Er hatte sich nicht aus dem Raum hinausgewagt.
Ich verschloss die Tür und legte mich ins Bett. Kein Fleck spendete noch Geborgenheit. Das Herrenhaus war auf mich aufmerksam geworden und alles, was darin zu verweilen vermochte, ebenfalls.

Am Morgen wurde ich dann durch die Regentropfen, die sanft gegen die Fensterscheibe prasselten, geweckt. Der Horizont war trüb und grau. Die dunklen Wolken schienen nicht nur den Himmel zu bedecken, sondern auch meine Gefühlswelt. So wie das Wetter gewesen war, hatte ich mich selbst gefühlt. Es war ein schlechter Start in einen schlechten Tag.

Lethargisch vergingen die Stunden des Tages. Die Schatten kreisten einmal im Zeitraffer an den Wände des Gästezimmers.
Mein Geisteszustand hatte sich rapide verschlechtert und meine vollständige Sicht war trüb geworden. Durch einen dunklen Filter drangen die Einflüsse der Welt zu mir durch.

Im Zustand betäubter Sinne hatte ich mich, ohne es wirklich gemerkt zu haben, aufgerafft.

Ich schritt durch die Gästezimmertür hinaus in den Korridor. Dort hatte mich eine düster-atmosphärische Kulisse erwartet. Ich nahm flackernde Kerzen in den alten Laternen wahr. Doch ich hatte diese nicht entfacht. Wozu denn auch? Immerhin hatte es elektrisches Licht gegeben.

Müde und kraftlose Schritte brachten mich durch den Gang auf die andere Seite des Herrenhauses. Dabei hatte ich etwa zehn Zimmertüren passiert. Zehn auf jeweils jeder Seite. Zwischen ihnen hingen neben den ganzen altmodischen Laternen auch weitere alte Fotografien. Im Vergleich zu denen aus dem Erdgeschoss wirkten diese Bilder sehr finster. Sie zeigten keine lächelnden und freudigen Menschen. Sie hatten Kummer und Leid in den Gesichtern der Menschen verewigt. Es waren dunkle Geschichten aus finsteren Zeiten.

Fast am anderen Ende des Ganges kam ich auf eine gewaltige Holztür zu. Der Türhenkel war goldfarben und die Tür selbst schwarz wie die Nacht gewesen. Matte Finsternis.

Nachdem ich diese geöffnet hatte, stand ich vor einer steinigen Wendeltreppe. Ich tastete mich also entlang der Wände hinauf. Meine Schritte waren vorsichtig und mein Blick aufmerksam. Ich kreiste mehr als drei Mal in diesem Turm, bis ich schließlich vor dem offenen Dachbodenzugang gestanden hatte.

Obwohl ich in dem Moment gerne hineingegangen wäre, verspürte ich das Verlangen, die Wendeltreppe bis zum Schluss zu gehen. Auf die kegelartige Aussichtsplattform oben über dem Dach.

Also schritt ich weiter.

Ohne es gemerkt zu haben, war es zwischenzeitlich wieder dunkel geworden. Die Sonne hatte sich schon verabschiedet und der Mond eroberte gerade den Horizont. Das einzige Licht, dass zu diesem Zeitpunkt alles zumindest etwas erkenntlich gemacht hatte, waren die gotischen Laternen. Die Kerzen in ihrem gewölbten, schwarzen Nest.

Als ich auf der Aussichtsplattform angekommen war, staunte ich zunächst über die elegante Anordnung der Fenster. Diese reichten einmal vollständig um mich herum. Von dort aus konnte ich in alle Richtungen blicken. Zunächst sah ich hinter das Herrenhaus und bestaunte das naturgeprägte Chaos, welches hinaus bis zu den Feldern reichte. Anschließend wandte ich meinen Blick einmal herum, hinunter zum Vorhof.

Es war dieser Moment, als ich plötzlich viele einzelne Personen dort in der Finsternis gesehen hatte.

Ich konnte sie nicht richtig erkennen. Dafür war es schlicht zu dunkel gewesen. Ich erkannte aber, dass einige von ihnen Hüte oder Kleider getragen hatte. Ansonsten war nicht wirklich viel erkennbar. Es waren pechschwarze Silhouetten. Sie rührten sich auch nicht. Sie berührte sich nicht gegenseitig. Alle waren mit einer gewissen Distanz zur nächsten Person gestanden.

Je länger ich dort hinunter geblickt hatte, desto furchterregender wurde das Ganze. Es waren um die fünfzehn Schattenpersonen, die sich selbst nach mehreren Minuten nicht einmal bewegt hatten. Sie blickten einfach nur zu mir hinauf. Ohne Augen. Ohne Gesichter.

Plötzlich gab es im Haus einen enormen Knall. Er war so stark, dass sich der gesamte Boden bewegt hatte.

Panisch rannte ich die Treppenstufen wieder hinunter. Etwas folgte mir jedoch vom Dachboden. Meine Sinne hatten reagiert, doch in der Angst verloren war ich weiter nach unten gerannt.

Als ich dann zurück im ersten Stockwerk angekommen war, standen alle Zimmertüren, an denen ich zuvor vorbeigegangen war, auf einmal offen.

Ginger fing dazu auch noch an, im Erdgeschoss zu bellen.

Die Angst in mir hatte mich fast gelähmt. Der fast schon schlafwandlerische Zustand, in dem ich mich befunden hatte, fing an zu bröckeln, und ich realisierte bei vollem Bewusstsein den Schrecken, den dieser Ort innegehabt hatte.

Zurück auf den Turm wollte ich nicht. Und durch den Flur konnte ich nicht. Also überlegte ich mehrere Minuten, doch es schien keine richtige Lösung zu geben.

Es war in einem Anfall von Wahnsinn, als ich wie ein Verrückter losgerannt war. Dabei schlug ich die Zimmertüren wie in einem Dominospiel zu. Selbstverständlich war das nicht sonderlich effektiv. Sie öffneten sich hinter mir wieder. Aber das gab mir zumindest einen kurzen Moment das Gefühl der Sicherheit.

Ich rannte hinunter in das Erdgeschoss. Dort fand ich Ginger bellend vor der Haustür vor.

Drinnen bleiben war nicht sicher, doch die Welt außerhalb des Herrenhauses war es auch nicht gewesen. Ich griff nach der Hundeleine, hakte sie in sein Halsband ein und öffnete anschließend die Haustür. Zu meiner Erleichterung bringenden Überraschung war niemand mehr auf dem Vorhof gestanden.

Der Mond krönte den Nachthimmel und hatte alles verstummt. Kein Laut tat sich im leichten Nebel, der sich über die Landschaft gelegt hatte.

Da hört auch meine Erinnerung an diesen Abend auf. Ich kann mich nur noch daran erinnern, wie ich mit Ginger zusammen das Gelände verlassen wollte. Wir befanden uns auf Schotterpfad, der vom Herrenhaus hinweg zu den Feldwegen führte. Dann schritt eine Person im Nebel hervor und kam immer näher auf uns zu. Ich zog an Gingers Leine und wir rannten zurück.

Wie ich wieder in das Herrenhaus kam und was alles danach passiert war, das weiß ich alles nicht mehr. Ich hatte scheinbar so große Angst, dass mein Geist in eine extreme Überlebensmodalität gefallen war.

Als ich am nächsten Morgen meine Augen wieder geöffnet hatte, lag ich im Bett des Gästezimmers. Die Tür war von innen abgesperrt gewesen. Mit müden Schritten hatte ich mich wieder aufgerichtet und war zum

Fenster gegangen. Über die vergangenen Stunden der Nacht hatte der Schnee seinen Einzug gehalten und die Landschaft vollständig weiß gekleidet. Noch immer rieselten massive Schneeflocken vom Himmel herunter.

Mit besorgten Gedanken blickte ich Ginger an. Dieser erwiderte ihn. Es schien alles so unwirklich. Mein Verstand hatte schwer zu kämpfen gehabt. Mir schossen eintausend Gedanken durch den Kopf, doch fassen konnte ich keinen einzigen.

War ich gestorben? War es das Leben nach dem Tod? Vielleicht träumte ich auch nur.

Ich zwickte mich einmal, um wirklich sicherzugehen.

Fragmente meiner Erinnerung suchten meinen Verstand heim. Ich fand mich innerhalb weniger Sekunden im Vorhof des Herrenhauses wieder. Ich blickte mich in der Finsternis um. Schatten hatten mich eingekesselt. Sie hatten meinen Hals zugeschnürt.
Dann verschwammen die Bilder vor meinen Augen und ich fand mich vor dem Fenster im Gästezimmer wieder.
Kraftlos fiel ich erneut zu Bette. Meine Energie

schwand aus meinem Körper hinaus. Nicht einmal Luft holen konnte ich mehr. Fast eine ganze Minute blieb ich luftlos. Mit apathischem Blick war ich erstarrt.

Plötzlich wurde es still. Sehr still. Ich hörte nichts und niemanden mehr. Nicht einmal Ginger konnte ich mehr vernehmen. Die Welt um mich herum war stumm geschalten. Nur ein sehr leises Flüstern drang zu mir durch. Eine ganz leise Stimme aus der Ferne. Verstanden habe ich sie jedoch nicht. Es erinnerte mehr an ein Windgeräusch. Ein leises Nuscheln auf weitem Feld. Doch dann wurde es immer lauter. Bis dann ein lauter, dumpfer und tiefer Schrei meinen Gehörgang aufgerüttelt hatte.

Ich öffnete meine Augen und stand auf. Die Sonne war bereits am Untergehen und das Haus – hatte erst angefangen. Ich konnte nicht im Entferntesten ahnen, wie weit das alles gehen sollte.

Kapitel 4

Der Schneefall hatte am nächsten Tag noch immer nicht nachgelassen. Ich entfernte mich weiter vom Herrenhaus in einer gemütlichen Spazierrunde mit dem kleinen Zwergspitz Ginger. Je größer die Distanz zum Anwesend wurde, desto mehr Klarheit erfuhr mein Verstand. Es erinnerte etwas an das Erwachen aus einem Alptraum.

Zurück war ich nicht gekehrt. Stattdessen suchte ich einen Weg durch die Stadt. Ginger hatte mich freudig begleitet.

Meine erste Anlaufstelle war das städtische Museum gewesen. Dort suchte ich akribisch nach Antworten. Antworten auf Fragen, die ich nicht einmal zu stellen vermochte. Doch das Herrenhaus war wie ein Geist. Es lebte irgendwo zwischen den Zeilen der Niederschriften und Grundstückseinträge aus einer längst vergessenen Zeit.
Auch in der Bibliothek fand ich keinen richtigen Hinweis. Also streifte ich weiter durch

die Stadt unter einem immer dunkler werdenden Himmel. Die eine Suche nach der Dunkelheit hinter der dämmernden Finsternis brachte mich auf die Steinbrücken. Ich hatte erneut dort über der Donau gestanden und blickte die Fachwerkhäuser an. Der verlockende Gedanke, alles zu vergessen und wieder abzureisen, war in meinem Geist aufgekommen.

Für einen kurzen Augenblick war ich müde. Nicht von dem Haus und auch nicht von dem scheinbar Paranormalen. Ich fühlte zum ersten Mal die Leere in meiner Seele. Tausend Tränen hätten nicht gereicht. Jahrtausend langes Wimmern nicht geheilt.

Die Flucht aus meinem Leben hatte seinen Tribut gefordert. Obwohl ich mich zuvor in einer destruktiven Welt mit toxischen Eltern und einer neidreichen Umgebung verloren hatte, befand ich mich nun im Gewand der Einsamkeit verlassen am Ende meiner Reise.

Für eine kleine Sekunde wirkte der Sprung hinunter in das fließende Wasser wie eine gute Erlösung. Wie am Ende einer bedrückenden Geschichte, als der Protagonist aus dem Leben scheidet und der Welt seine Krankheit als Erbe zurücklässt. Die Monster aus seinem Kopfe, die ihn so lange gepeinigt haben, der Nachwelt zum Geschenke.

Als ich in die Fluten hinuntergesehen hatte und für einen Moment schwindelte, hatte Ginger plötzlich laut gebellt. Dieses Bellen brachte mich aus dieser trübseligen Vorstellung heraus. Er sah mich an und wedelte mit seinem Schwanz.

»Komm! Gehen wir zurück!«, hatte ich gesagt und lächelte dabei.

Zurück im Anwesen, schwand das Licht des Tages bereits. Der Schnee am Boden und jener, der noch fiel, reflektierte die übrig gebliebenen Strahlen.

Ich ließ Ginger zurück in die Behausung. So konnte der kleine Zwergspitz sich etwas ausruhen. Ich hingegen ging mit meiner Plattenkamera auf dem Grund umher und versuchte, so gut es ging, das Herrenhaus zu fotografieren. Die alten Schatten, die ihre Spiele gespielt hatten, wollte ich auf Bilder bannen. Ich schob immer wieder neue Platten nach und zog die Fertigen auch in derselben Geschwindigkeit wieder hinaus.

Der bläuliche Schimmer der angehenden Nacht spiegelte sich in der Linse meiner Kamera unter den reinen, fallenden Flocken des winterlichen Himmels.

Im Anschluss nahm ich ein schönes, warmes Bad im oberen Stockwerk. Mit einem alten Eisenschlüssel ließ sich die alte Badezimmertür von innen versperren.

Der heiße Dampf des Wassers füllte den Raum und schaffte das erste Mal in diesem Haus, das Gefühl von vollständiger Wärme. Eine Wärme, die selbst die erkalteten Knochen einer gescheiterten Existenz zu wärmen vermochte.

Eine leicht flackerhafte alte Glühbirne schien als Lichtquelle der blauen Finsternis entgegen, die durch das Badezimmerfenster gewirkt hatte.

Nach dieser entspannenden Einkehr legte ich mir ein Handtuch um meine Schultern und suchte in der nebelartigen Wärme die Zimmertür.

Da erkannte ich, dass der Türhenkel nach unten gedrückt war. Die Freude verblasste so schnell wie das Schwinden der wärmlichen Atmosphäre des Raumes. Kälte war erneut aufgekommen.

»Wer ist da?«, hatte ich energisch gefragt, doch es kam keine Antwort zurück.

Ich näherte mich vorsichtig der Tür und lauschte hindurch. Die Stille selbst weilte dahinter. Es rührte sich absolut nichts.

Unter enormer Anspannung hatte ich den noch immer nach unten gedrückten Türgriff mit meiner Hand umklammert und zog ihn, so gut es ging, wieder nach oben. Zumindest versuchte ich es. Doch er bewegte sich kein Stück. Als würde jemand dahinter mit aller Kraft dagegenhalten.

Ich lies den Türgriff los. In dem Moment schnallte der Henkel wie von selbst zurück nach oben.

Für einen kurzen Augenblick war ich vor Angst erstarrt. Ich wollte mir nicht vorstellen, was da draußen auf mich warten hätte können. Ginger hatte ebenfalls keinen einzigen Laut von sich gegeben. Selbst auf mein lautes Rufen war er stumm geblieben.

Ich hatte einmal tief eingeatmet und anschließend den Schlüssel im Türschloss gedreht. Mit einem Ruck hatte ich die Tür daraufhin geöffnet.

Vor mir befand sich der kalte, unbeleuchtete Korridor, der das Badezimmer vom Gästeraum trennte. Dort hatte niemand geweilt. Niemand gewartet.

Am Boden lagen die benutzten Platten der Kamera verstreut. Vorsichtig hatte ich Einzelne aufgehoben. Als ich sie öffnete, hatte ich bemerkt, dass die Bilder fehlerhaft gewesen waren. Die Bäume und die Sträucher konnte man selbst für abenddämmerliche Lichtverhältnisse ziemlich gut erkennen. Das Herrenhaus, welches sich nur wenige Meter daneben befunden hatte, nicht. Auf allen Bildern lag ein schwarzer Schatten auf dem Anwesen, der es nahezu vollständig überdeckt hatte.

Ich sah sie alle durch. Das Gebäude war auf keinem einzigen Foto abgelichtet gewesen. Die Schwärze zog sich über die Oberfläche wie ein Schwingen.

Die Kälte um mich herum hatte mein Wesen eingehüllt. Die bläuliche Finsternis war durch die Fenster in den Kern des Hauses eingedrungen und entfaltete seinen alptraumhaften Wahn. Anomale Geschichten erinnerten an unvorstellbare Zeiten. Die Holzdielen verlauteten die allgegenwärtige Stille.

Mit leisen, aber schnellen Schritten lief ich zurück in das Gästezimmer. Dort schnappte ich mir meine Laufbodenkamera und schob eine frische Platte hinein. Dann begab ich mich zurück in den Korridor, der zum Dachbodenturm führte. Ich schoss ein Bild, während ich die Kamera etwa auf Brusthöhe gehalten hatte. Das Blitzen hatte mir allerdings

Angst gemacht. Ich fürchtete die eingefangenen Reflexionen auf dem fertigen Werk.

Die Entwicklung hatte etwas gedauert. In dieser Zeit war ich keinen einzigen Schritt gewichen. Wie versteinert stand ich dort im Dunkeln.

Als ich anschließend die Platte hinaus genommen und die darin enthaltene Fotografie entnommen hatte, war ich für einen Moment sprachlos. Am anderen Ende, fast schon an der Tür zum Dachbodenturm, stand eine Person in einem langen, schwarzen Gewand. Es wirkte wie ein langer Mantel. Man konnte jedoch keine Feinheiten erkennen. Er trug etwas mit sich.

Ohne auch nur eine einzige Sekunde zu verlieren, hatte ich mich umgedreht und war zurück ins Gästezimmer gerannt. Meine Schritte waren schneller als meine Gedanken. Ginger fehlte zu diesem Zeitpunkt noch immer und ich hatte absolut nicht gewusst, wie ich mit der ganzen Situation hätte umgehen sollen. Es war für mich einfach zu viel.

Während ich im Gästezimmer hin und her lief, fiel mir die Plattenkamera aus meinen zitternden Händen. Anschließend setzte ich mich an die Bettkante. Während ich weiter überlegt hatte, hörte ich plötzlich Schritte im Flur. Es waren massive, langsame Schritte gewesen. Und sie kamen näher.

Ich sprang mit einem Ruck auf und hatte die Tür des Gästezimmers abgesperrt. Im Hintergrund wurden die Geräusche immer lauter. Sie kamen näher und näher. Vor meiner Zimmertür hatten sie dann plötzlich aufgehört. Dann war wieder alles still. So still, dass ich die Schläge meines Herzens durch meine Brust hinaus hören konnte.

Eine kalte Brise, die durch die undichten Fenster in das Haus eindrang, streifte meine nackte Haut.

Dann klopfte es plötzlich wieder an der Haustür unten. Das gewaltige Schlagen hatte auch die Tiere aufgeschreckt. Ginger bellte im unteren Stockwerk los und das Gezwitscher der Kanarienvögel vernahm ich selbst noch durch die dicken Wände.

Ich griff mir einen alten Holzstuhl, der dekorativ in der Ecke des Zimmers gestanden war, und brach mir ein Stuhlbein heraus.

Mit diesem Holzstück bewaffnet, öffnete ich die Gästezimmertür und schlug wie verrückt vor mich hin. Ich hoffte, dass ich die Person treffen würde, die sich vor der Tür aufgestellt hatte. Doch da war niemand.

Mit rasendem Puls rannte ich hinaus in den Flur und nahm die Treppe hinunter.

Dort schlug ich mit dem Holzbein weiter in die

leere Luft und kämpfte mich so bis zur Haustür vor, wo auch schon Ginger auf mich gewartet hatte.

Ich lehnte mich gegen die Wand und blickte durch den Türspion.

Dort war ein großer, breiter Mann unter der Außenlampe gestanden. Eine dicke, gefütterte Felljacke trug er am Leibe. Auf dem Kopf hatte er so etwas wie eine warme Fellmütze. Sein Gesicht war blass und ohne Mimik gewesen. Er sah auch nicht zur Tür, sondern an der Tür vorbei. Es wirkte fast so, als ob seine Augen keine Pupillen trugen.

Sein Blick wanderte nicht. Der Mann bewegte sich nicht. Jedes Mal, als ich die Haustür entsperren wollte, stupste mich Ginger an. Er hatte mich nicht angebellt. Er stupste mich nur an, als ob er nicht gewollt hatte, dass der große Mann uns hätte hören können.

Als ich dann das nächste Mal durch den Türspion sah, war niemand mehr dort. Das Licht leuchtete noch einen kurzen Moment und ging dann auch wieder aus.

Auf einmal läutete das Haustelefon, welches unweit vom Hauseingang an der Wand installiert gewesen war. Ginger blieb ruhig. Mit langsamen und ängstlichen Schritten ging ich darauf zu. Ich schluckte einmal und nahm dann den Hörer ab.

»Ja, Hallo?«, hatte ich gefragt.

»Schönen Abend! Es tut mir leid, Sie noch so spät zu stören! Hier ist Keller von der Nachtschicht! Ein gewisser Herr Eckert ist bei uns auf der Station! Er hat die Spätschicht darum gebeten gehabt, Sie anzurufen, aber das haben die leider vergessen! Also muss ich das jetzt machen! Er lässt Sie nur wissen, dass er morgen operiert wird!«, hatte er gesagt.

»Kann ich ihn sprechen?«, wollte ich energisch wissen.

»Herr Eckert wurde gerade ein Beruhigungsmittel gegeben, damit er besser schlafen kann! Er ist ziemlich nervös!«, erwiderte der Pfleger.

»Bitte! Es ist wichtig!«, hatte ich fordernd gesagt.

»Nun gut! Ausnahmsweise! Ich lege Sie um - auf das Krankenzimmertelefon!«, meinte er.

Es läutete ein paar Mal. Doch dann ging Herr Eckert ran.

»Hallo? Wer ist da?«

»Hallo, Herr Eckert! Ich rufe aus dem Herrenhaus an!«, hatte ich gesagt.

»Ach du! Junge! Wie geht es Ginger?«, wollte er wissen. Mit jedem Satz schien er immer müder zu werden.

»Ja, dem geht es gut! Hören Sie, Herr Eckert? Ist Ihnen schon einmal etwas an dem Haus aufgefallen? Sind hier schon einmal merkwürdige Dinge passiert?«, rief ich energisch fragend.

»In das Herrenhaus gehe ich nicht gerne! Ich musste nur die Vögel dort unterbringen! Dort haben die Tiere die große Terrasse! Zwanzig Minuten bin ich dort … Nur zum Füttern!«, hatte er gemeint.

»Was meinen Sie, dass Sie nicht in das Herrenhaus gehen? Herr Eckert?«, wollte ich wissen.

»Du hast ihn auch gesehen, nicht wahr, Junge? Den Mann mit der Laterne! Du musst ihn gesehen haben!«, nuschelte Herr Eckert schlaftrunken vor sich hin.

In diesem Augenblick musste ich an die Person denken, die ich am ersten Tag an einem der Fenster vorbeigehen sah. Die Person, die etwas vor sich hintrug. Es hatte mich an einen Käfig denken lassen, aber sicherlich hätte es auch eine Laterne sein können.

Dann wurde das Telefonat plötzlich beendet. Herr Eckert muss aufgelegt haben, dachte ich. Immerhin war er auf Beruhigungsmitteln.

Ich wägte Möglichkeiten ab. Doch viele

Optionen hatte ich nicht gehabt. Weglaufen oder bleiben. Eine schien schlimmer als die andere zu sein.

Da es zudem sehr spät gewesen war, schnappte ich mir Ginger und rannte durch den Flur - die Holztreppe nach oben - durch den schmalen Gang und dann ins Gästezimmer hinein. Wie immer sperrte ich die Tür ab.

Ginger legte ich ab und begab mich dann gleich im Anschluss ins Bett. Ich tat für einen kurzen Augenblick so, als wäre alles in Ordnung gewesen. Nur der Tag hätte mich ermüdet.

Ich zog die dicke Wolldecke über meinen Körper. Die Wärme und Sanftheit des dortigen Umstandes lies mich tatsächlich für ein paar Sekunden das Grauen des Anwesens vergessen.

Natürlich hatte das Einschlafen sehr lange gedauert. Innerlich war ich traumatisiert. Wahrhaben wollte ich es jedoch nicht. Also zwang ich meinen Geist, sich auf den Winterhimmel und die Wärme der Decke zu konzentrieren. Was mehr oder weniger schlecht geglückt war.

Ich wälzte mich stundenlang im Bett umher. Irgendwann überkam mich dann endlich eine enorme Müdigkeit. Mein ganzes Sein war selbst für die dunkelsten Schatten nicht mehr greifbar.

Ich verlor mich in den Tiefen meiner aufgeschobenen Gedanken. Aus einem merkwürdigen Grund träumte ich von meinem ehemaligen besten Freund. Wobei in diesem Kontext bester Freund noch eine Untertreibung ist. Wir waren viel mehr als das. Wir waren mehr als nur Freunde. Seit wir uns in der Schule gefunden hatten, gingen wir Jahre durch gute und schlechte Tage. Durch Stürme und Sonnenstrahlen.

Irgendwann wurden wir junge Erwachsene und entwickelten uns weiter. Planten ein Leben. Setzten unterschiedliche Ziele und die magische Zeit verlor sich in eine schmerzliche Erinnerung. Die Wege hatten sich irgendwann getrennt. Für ihn schien es leicht gewesen. Für mich nicht.

Ein Streit, leere Worte und ein Lebewohl. Mehr war am Ende nicht geblieben. Mehr war da nicht.

Wenn ich es ganz genau betrachte, dann war das Aus dieser Freundschaft mein Stoß von der Klippe. Mit meinen Eltern und meinem Kummer kam ich irgendwie klar. Auch meine heimliche Liebe zu einem Mädchen, dass ich vermutlich niemals ansprechen hätte können, war zwar schmerzhaft, aber hinnehmbar. Auch wenn diese Gefühle nicht mehr aktuell gewesen waren.

Selbst als meine Lehre scheiterte und ich die Orientierung verlor und durch dunkle Gedankengänge geirrt war, schien noch irgendwo Licht. Das war er. Ich wusste, dass selbst wenn die ganze Welt scheiterte, ich jemanden an meiner Seite wusste, der in meinem Herzen den Stellenwert eines Weggefährten hatte. Er war mein Anker in einer verlorenen Welt gewesen. Und der Kontaktabbruch war es, der mich aus der Bahn geworfen hatte. Alles hatte sich geändert. Es war nichts mehr wie vorher.

Und in dieser Nacht hatte ich von ihm geträumt. Ich hatte in den phantasierten Gedanken meines Schlafes gesehen, wie ich den Weg zu seiner Wohnung gesucht hatte. Da war ich ziemlich nervös. Der Streit war selbst im Traum noch präsent.

Aber irgendwie kamen wir wieder in Kontakt. Ich schritt die Treppenstufen hinauf in den Wohnkomplex. Seine Mutter hatte mir die Tür geöffnet. Er stand direkt dahinter und lächelte.

Dann wachte ich am Morgen wieder auf. Mit dem spürbaren Schmerz des Verlustes in meiner Seele. Für diesen kurzen Augenblick in meinem Traum schien die Welt wieder in Ordnung gewesen zu sein. Ich hatte mich wieder vollständig gefühlt. Wo sich eisige Kälte und Leere etabliert hatten, wuchsen frische Gräser und die Blumen sprossen hervor.

Der Traum oder eher gesagt, das Wachwerden hatte mich an emotionaler Stärke beraubt. Ich fühlte mich traurig und allein gelassen, in einer düsteren Welt voll Kummer und Hoffnungslosigkeit. Ein lähmendes und leidiges Gefühl.

All das hatte die negativen Erinnerungen an den gestrigen Abend im Herrenhaus für eine kurze Weile überschattet.

Kapitel 5

Erneut hatte ich mich in der städtischen Bibliothek eingefunden und suchte nach alten Mythen und Legenden. Diesmal stand weniger das Haus im Mittelpunkt, sondern viel mehr eine Figur mit einer Laterne. Wenn ich das verstünde, könnte ich vielleicht den Rest entschlüsseln, dachte ich.

Eine seltsame Mischung aus Regen und Schnee traf ganz leicht die Fenster der Einrichtung. Ginger hatte ich zum Glück im Herrenhaus gelassen.

Meine Suche führte zu keinem wirklichen Erfolg. Zwischen den literarischen Werken großartiger Autoren hatte ich nur fiktionale Novellen entdecken können.
Plötzlich fragte mich die Bibliothekarin; »Sie wirken sichtlich frustriert! Kann ich Ihnen vielleicht helfen?«
»Ja! Ich suche nur … Eigentlich! Nun ja! Es gibt da dieses Herrenhaus in Ihrer Stadt! … Mir fehlt ein klarer Gedanke!«, hatte ich erwidert.

»Ah! Ich verstehe! Sie sprechen vom alten Endhaun! Am besten Fragen Sie da Herrn Eckert! Dieser hütet das Haus schon seit fast fünfzig Jahren!«, erzählte sie.

»Herr Eckert ist zurzeit nicht in der Lage dafür! Ich passe so lange auf das Anwesen auf! Es gibt nur bestimmte Dinge! Merkwürdige Dinge! Die Angst! Ich würde das Thema gerne verstehen!«, brabbelte ich vor mich hin.

»Wenn mich nicht alles täuscht, war Rudis Vater damals der leitende Polizeimeister! Wenn Sie Informationen aus erster Hand haben wollen, dann wäre er Ihre beste Anlaufstelle! Er bewohnt aktuell das Altenpflegeheim in der Nähe des Bahnhofs! Mit dem schönen Garten davor!«, hatte mir die Dame empfohlen.

Im grauen Schimmer des langsam endenden Tages setzte ich meine Suche über die Innenstadt fort und ging hinunter zu den Brücken. Dort überquerte ich die Donau und sah mich nach dem vorher genannten Altenheim um.

Eine nette Dame hatte mich dort im Eingangsbereich empfangen. Ich erklärte Ihr, dass ich mit einem der Bewohner reden musste. Es ging um eine Recherche für einen Zeitungsartikel. Natürlich war das gelogen.

Eine bessere Idee hatte ich allerdings nicht gehabt.

Sie verschwand für einige Momente und klärte meine Anfrage ab. Nach etwa fünfzehn Minuten kam sie erneut nach vorne und brachte mich vor das Zimmer des alten Mannes. Ich hatte kurz angeklopft und den Raum anschließend betreten.

Der Herr, den sie Rudi genannt hatte, saß in einem Rollstuhl und blickte gerade hinaus aus dem Fenster. Er beobachtete den seltsamen Schneefall am Ende des Jahres.
»Entschuldigung, dass ich Sie gestört habe! Ich würde gerne kurz mit Ihnen reden! Es geht dabei um das Herrenhaus! - Endhaun? - oder wie auch immer es nun heißen mag!«, hatte ich gesagt.

»Nach diesem Haus hat mich schon lange keiner mehr gefragt! So wie auch niemand nach mir gefragt hat! Lange, lange Zeit nicht mehr!«, sprach Rudi betrübt und blickte dabei hinauf zu den dunkelgrauen Wolken.

Ich war still. Hatte keinen einzigen Ton mehr von mir gegeben.
»Setzen Sie sich!«, hatte Rudi anschließend

verlautet und mit seiner Hand, die er scheinbar nicht mehr richtig benutzen konnte, zu einem der Stühle gezeigt, die entlang eines kleinen Tisches gestanden waren.
Ich nahm Platz.

»Es ist keine Geschichte, die man sich gerne erzählt! Darum erzählt sie auch niemand! Niemand würde sich das trauen! Damals haben sie nur gemunkelt! Das ganze Ausmaß blieb verborgen! Verborgen vor allen Blicken! Verstummt waren die Stimmen und taub wurden die Neugierigen!
Mein Vater war Polizeimeister in dieser Stadt! Vor mehr als fünfzig Jahren! Er hat sie mir erzählt! Er war es gewesen!
Als in den Fabriken sich die Zahnräder drehten und der Gestank von Kohle und Feuer die Luft erobert hatten, kamen zwei englische Unternehmer hier her! Der Beginn der Industrialisierung schaffte natürlich Perspektiven! Sie kauften sich ein Grundstück am Rande der Stadt! Und sie ließen sich dort ein Anwesen erbauen! Für sich und ihre Ehefrauen! Es sollte der Beginn einer neuen Zeit werden! Doch wie so vieles im Leben kam es nicht wie erhofft!
Als das Anwesen fertiggestellt worden war, bewohnten die vier das Herrenhaus etwa eine

Woche!

Dann gab es einen großen Polizeieinsatz! Man fand sie allesamt erhängt vor! Sie baumelten im Wohnzimmer vor dem brennenden Kamin! Das war das Ende für sie! Und der Anfang der Legende um das Herrenhaus! Henry Enders und Nigel Howard! Das waren die zwei Briten!«, hatte Rudi erzählt.

»Wie kam es zum Namen?«, wollte ich wissen.

»Daran ist mein Vater schuld gewesen! Er musste an jenem Abend die Pressemitteilung herausgeben! Da das Gebiet auch keine wirklichen Hausnummern besaß, musste eine Begrifflichkeit her! Schließlich hatten sie das Haus nie getauft! Sie verstehen schon! So etwas wie – Rudis Landhaus – oder Ähnliches! Also nahm mein Vater einfach die Registerkürzel! Nachname – Komma – Vorname.

Enders, Henry – Howard, Nigel

Enders, H. - Howard, N.

Nur waren die Kürzel nicht ausgeschrieben gewesen! Sie dienten lediglich als Trenner in den Karteien! Darauf hatte er nicht geachtet! Es war sehr spät. Wie schon erwähnt.

Er klebte also die Karteiaufkleber in die Pressemitteilung.

Aus- End. H. - How. N. - machten die Zeitungen dann das Endhown-Herrenhaus!

Es wird also so, wie du es aussprichst, nicht mit AU, sondern mit OW geschrieben! Da es ja ursprünglich von Howard kommt! Die Aussprache bleibt jedoch dieselbe!«, hatte Rudi gesagt.

»Was stimmt mit dem Haus nicht?«, fragte ich energisch.

»Man sagt - es hätte dort niemals gebaut werden dürfen! Denn der Grund auf dem es steht, soll verflucht sein! Es ist unheiliger Boden! Zu Zeiten des finsteren Mittelalters und der europäischen Hexenverfolgung wurden dort scheinbar abscheuliche Dinge verrichtet! Man soll den Ort auch 'Schlachthof' genannt haben. - Es heißt - Er ist voll mit dunkler, bösartiger Energie! Es spielt mit den Gedanken eines Menschen! Mit seinen Schwächen und Fehlern! Es treibt sie in den Abgrund! Es macht sie krank! Und zur guter letzt bringt es sie dazu, sich selbst oder anderen zu töten!«, hatte Rudi erzählt.

»Kann denn ein Ort so finster sein, dass das Paranormale dort eine neue Heimat findet?«, hatte ich gefragt.

»Wenn du an solche Dinge glauben willst, mein Junge! - Dann nur zu!«, hatte er geantwortet.

»Ich kann dem nicht ganz folgen!«, meinte ich etwas verwirrt.

»Frage diesen eitlen Hermann! Er hat schon genug Leben zerstört! Er kann dir sicher eine Lobeshymne singen! Dieser verdammte Heuchler!«, empörte sich Rudi leicht und spuckte dabei einmal.

»Ich kann dem nicht folgen! Wer ist Hermann?«, wollte ich wissen.

»Hermann! Er war einige Jahre unser Pfarrer! Er wollte damals einer Mutter das Kind wegnehmen lassen! In seinem glorreichen Kampf gegen den Teufel! Dieser verdammte … Wir sind hier daher nicht sehr gut auf solche Dinge wie Geister zu sprechen! Und die katholische Kirche besucht seit Jahren hier auch keiner mehr! Wir fahren ein paar Dörfer weiter!«, hatte er erzählt.

Ich bedankte mich herzlich für diese kurze Aufklärung und verließ das Wohnheim bei strömendem Regen. Die Tropfen fielen so gewaltig, dass man kurz das Gefühl gehabt hatte, es wären kleine Steine gewesen. Sie besaßen eine enorme Geschwindigkeit und verwandelten binnen weniger Minuten die schneebedeckte Oberfläche der Stadt in einen trüben, gräulichen Schlamm.

Die Feldwege standen ein fußhoch unter diesem matschartigen Wasser. Das hatte die Rückkehr ziemlich erschwert. Da gerade auch noch die Nacht so langsam ihren Einzug hielt, freute ich mich sehr auf das warme Bett. Ich hatte sogar überlegt, den Kamin zu entfachen. Eine gemütliche Atmosphäre zu schaffen unter den Schatten des Verborgenen.

Als ich die Haustür aufgesperrt und einen Spalt groß geöffnet hatte, flitzte Ginger hinaus. Für eine Sekunde hatte ich gedacht, dass er nur dringend sein Geschäft verrichten musste. Doch der kleine Zwergspitz rannte einmal um das Anwesen herum und war aus meinem Blickfeld vollends verschwunden.
Ich zog die Haustür wieder zu und rannte ihm hinterher.
Die Verfolgungsjagd brachte mich einmal um das Gebäude herum auf die Rückseite des Bauwerks. Ich huschte zwischen den großen pflanzlichen Wucherungen des Gartens

hindurch und verließ das Grundstück hinaus auf die Acker.

Dort begab ich mich weiter in die Maisfelder hinein und rief dabei immer wieder nach Ginger. Doch es kam keine Reaktion zurück.

Kurz darauf ging dann das Maisfeld in die hohe Graswiese über. Das Sehen wurde mit der Zunahme der Dunkelheit schwerer und die Beschaffenheit um mich herum immer dichter.

Ich rief immer wieder seinen Namen in die Finsternis hinein, doch es tat sich nichts.

Ich lief weiter und weiter, ohne einmal angehalten zu haben. Dabei versuchte ich, so viele Bereiche wie möglich zu durchforsten.

Als ich das nächste Mal um mich herum sah, blieb mir fast das Herz stehen. Zwei Augen reflektierten das Sternenlicht und schimmerten grünlich zu mir hinauf. Zwei Augen zwischen den hohen Gräsern bei Nacht.

»Ginger! Bist du es?«, fragte ich erschöpft. Doch die Augen bewegten sich nicht. Sie starrten mich einfach weiter regungslos an.

»Hey! Kleiner! Komm!«, sagte ich mit einer verängstigten Stimme. Ginger rührte sich immer noch nicht.

»Ich bin es nur!«, hatte ich gesagt und bewegte

mich auf ihn zu. Doch plötzlich verschwanden die grünen Augen.

Mich überkam ein sehr mulmiges Gefühl bei der Sache. Ich hatte irgendwie die Motivation verloren, weiter in die Dunkelheit hinein zu rennen.

Etwas bewegte sich scheinbar im hohen Gras. Wenn es nicht Ginger war, was ist es dann, fragte ich mich panisch.

Mit winzigen und achtsamen Schritten lief ich im Rückwärtsschritt zum Anwesen zurück. Das mulmige Gefühl wurde so stark, dass es mich teilweise gelähmt hatte. Mein Herz schlug so schnell, dass ich das Gefühl hatte, jeden Moment umkippen zu können.

Plötzlich rammte mich etwas am Bein.
Ich sprang daraufhin panisch zur Seite.
Da ich dort ein leises Hecheln gehört hatte, griff ich ohne lange zu Überlegen in das Gras hinein. Mir fiel ein Stein vom Herzen, als ich den kleinen Ginger ertasten konnte. »Du kleiner ... !«, hatte ich verärgert gesagt und atmete kurz auf.

Ich nahm Ginger auf meine Arme und lief zurück zum Haus. Ich zitterte so stark, dass ich sogar Angst gehabt hatte, den Hund fallen zu lassen.

Auf dem Hinterhof des Hauses blickte ich hinauf zu den Fensterscheiben der oberen Etage. Ich weiß nicht, wieso. Irgendetwas hatte meine Aufmerksamkeit auf sich gelenkt.

Zu diesem Zeitpunkt stand ich in dem kleinen Gartenabteil, direkt unterhalb der Fenster.
Für eine kleine Millisekunde hatte ich die Wahrnehmung, als wäre dort jemand gestanden. Ein Mann im schwarzen Anzug. Bleiche Haut mit lilanen Augenrändern. Er hatte auf mich nieder geblickt. Es war aber kein angst-machender Blick gewesen. Es war eher die Neugier, die auf mich hinunter traf. Er hatte mich gemustert. Wollte wissen, wer ich war.

Als ich dann vor der Haustür gestanden bin, fing Ginger an zu knurren. Aufgrund meiner Müdigkeit ignorierte ich seine Warnung und ging mit ihm wieder in das Haus hinein.

Die Haustür hatte ich wie in Trance abgesperrt und den Zwergspitz und mich wieder im Gästezimmer oben eingeschlossen. Es passierte alles wirklich. Doch ich fühlte mich nicht vollständig anwesend.

Plötzlich wurde alles sehr seltsam. Mein Wohlbefinden hatte sich in wenigen Sekunden verändert. Meine Sinne wurden verzerrt. Mein Bewusstsein wich aus meinem Körper.
So schlapp hatte ich mich schon lange nicht mehr gefühlt. Ohne es wirklich gemerkt zu haben, hatte ich mich ins Bett gelegt.

Die eisige Kälte hatte mich Fest im Griff. Ich zog eine dicke Decke über mich. Meine Augen wurden schwer. Mein Atem wurde langsam und tief.

In diesem Dämmerschlaf fand ich mich auf einem großen, hohen Feld wieder. Um mich herum hatte die Finsternis schon fast alles vereinnahmt.

Ich begann daraufhin Störgeräusche zu hören. Zunächst ganz leise. Doch sie wurden von Sekunde zu Sekunde immer lauter. Wie Maschinen, die klopften und zischten. Es brodelte unter mir. Schreie verhallten über das Areal und das Angstgefühl in mir stieg weiter. Etwas kam näher auf mich zu.
Ich konnte es in meiner Kehle spüren. Das Gefühl würgte mich an meinem Hals.
Diese störenden Laute wurden immer mehr.

Irgendwann waren sie so laut, dass ich nur noch ein Piepen hören konnte.

Ein zurrendes, lautes, elektronisches Piepen betäubte meinen Gehörsinn immens. Es war so echt, dass ich regelrechte Schmerzen verspürt hatte.

Dann riss mich auf einmal etwas aus dem Schlaf. Eine dunkle, raue Stimme hatte meinen Namen gesagt. Ich konnte die Stimme selbst an einem Punkt noch wahrnehmen, an dem ich das Gefühl hatte, nicht mehr zu schlafen.

Ob es in meiner Traumreise passiert war oder tatsächlich in diesem Haus, kann ich bis heute nicht sagen.

Jedenfalls öffnete ich meine Augen wieder. Ich konnte mich aber nicht mehr bewegen - ich konnte nichts sagen.

Das Einzige, worüber ich noch die Kontrolle hatte, waren meine Augenlider. Selbst Schlucken konnte ich nicht einmal mehr.

Mein Mund war bis zum Anschlag aufgerissen gewesen. So weit, dass ich den Druck an meinem Kieferknochen schmerzhaft bemerken konnte.

Meine Mundwinkel rissen sogar stellenweise ein. Als würde jemand mit aller Kraft dagegen drücken.

Meine Versuche, mich zu bewegen, scheiterten fatal. Egal wie oft oder mit wie viel Kraft ich es probiert hatte, es reichte nur für ein leichtes Zappeln.

Der gesamte Speichel in meinem Mundraum hatte sich währenddessen zusammengefunden und drohte mich zu ersticken. Ich hustete immer wieder leicht und beförderte so Teile des Speichels wieder hinaus. Ich versuchte mich mit leichten Bewegungen über die Bettkante auf den Boden zu werfen. So hatte ich gehofft, diesen Zustand lösen zu können. Doch dazu fehlte mir die nötige Kontrolle über meinen Körper.

Ich blickte mehrmals im Zimmer umher, doch konnte niemanden sehen.

Aber ich hatte etwas gespürt. Dort war etwas zugegen. Etwas Dunkles. Es vermochte mir selbst in diesem Zustand noch mehr Unbehagen zu bereiten. Es zeigte sich allerdings nicht.

Nach gefühlten zwei Minuten löste sich dann schließlich mein Kiefer und meine motorischen Fähigkeiten kehrten auch zurück.

Ich tastete meinen Mund ab, um mich zu vergewissern, dass die Mundwinkel nicht gänzlich verletzt waren und möglicherweise bluteten. Ich hatte gehustet und anschließend meine Wasserflasche am Bett gesucht.

Ich war aufgestanden und ans Fenster gegangen. Das Mondlicht strahlte dabei direkt auf mich nieder. In seinem Schein hatte ich das Gefühl, langsam den Verstand zu verlieren.

Kapitel 6

In einem Zustand der psychischen Atemlosigkeit fand ich mich am frühen Morgen gerade so über das Bettgeländer hängend wieder. Das siebenmalige Läuten der Wanduhr hatte mich plötzlich aus einer wirren Traumebene des Dämmerschlafes gerissen. Ich fühlte mich im vollständigen Bewusstsein meiner selbst in einer finster und hoffnungslos gewordenen Wahrnehmung verloren. Das Haus kannte meine Schwächen und nutzte diese gegen mich. Denn nichts vermag jemanden leichter zu Fall zu bringen, als die verborgene Kerbe in den sonst undurchdringlichen Burgmauern.

Ich konnte mich nur stückchenweise an meinen Traum erinnern. Zumindest an das, was ich für Träume gehalten hatte. Die Realität verschwamm mit der Phantasie. Zu diesem Zeitpunkt konnte ich nicht einmal mehr sagen, ob ich tatsächlich in das Altenheim gegangen war oder nur davon geträumt hatte. So weit hatte mich das Endhown-Herrenhaus getrieben. Doch noch nicht bis zum Schluss.

Und wie dieser Schluss aussehen würde, konnte ich mir grob vorstellen. Die letzte Station auf der Zugfahrt der alten, unvergessenen Geister.

Meine Wahrnehmung war nicht vollends zurückgekehrt. Noch immer fühlte sich mein Verstand wie in Watte eingewickelt.

Ich war aufgestanden und hatte mich durch den Korridor des oberen Stockwerkes bewegt. Ich war an den geschlossenen Zimmertüren vorbeigelaufen, die ich selber jedoch nie zugemacht hatte. Ich hatte diese nur angestupst auf meiner Flucht durch das Herrenhaus. Ich fasste mit meiner Hand über die alten Bilder.

Am Ende des Ganges hatte ich den Treppenturm aufgeschlossen. Ohne Angstgefühlen erlaubt zu haben, aufzukommen, schritt ich die Wendeltreppenstufen erneut hinauf und stellte mich vor den offenen Dachbodenzugang. Es war im Prinzip nur der Rahmen einer ausgehängten Tür gewesen.
Ich ging hindurch und blickte in das Innere eines antiken Raumes. Morsche, dunkelbraune Holzdielen knarrten unter mir, während ich immer weiter hineinlief.
Unter alten, weißen Tüchern versteckten sich

Möbel aus vergessenen Leben. Zeitungsartikel lagen gestapelt auf einer Werkbank. Sie waren auf Jahre zurückdatiert, die ich selber nie erlebt hatte.

Dort hatte ich auch eine aus Holz geschnitzte Figur gefunden. Drunter waren die Worte eingraviert;

»Für Elisabeth! In ewiger Liebe – Nigel!«

Ich realisierte, dass es die Gegenstände der Hauserbauer gewesen sein mussten. Eine hoffnungsvolle Geschichte, die in Tragik ihr Ende fand. Eine schicksalhafte Liebesballade, über die niemand gesungen hatte. Eine Geschichte, die keine Person erzählen würde. Das hatte mein Gemüt betrübt.

In einer Ecke befand sich etwas, das aussah wie zusammengelegtes Schiffstau. Es hatte keine Ordnung. Jemand hatte es scheinbar zusammengeknüllt und einfach dort abgestellt.

Auf dem Weg wieder zurück ins Gästezimmer blieb ich kurz vor einem Raum stehen. Es war das Nachbarzimmer. Nur eine Wand hatte uns geteilt. Dort stand die Tür erstaunlicherweise angelehnt. Obwohl die anderen allesamt geschlossen waren.

Als ich meine Hand auf den Türgriff gelegt hatte und gerade das Zimmer betreten wollte, kam ein sehr eigenartiges Gefühl auf. Ein

Flüstern erreichte mich. Es hatte sich so schnell wie ein Windstoß bewegt und mich einmal umkreisend eingeschlossen.

Ich rief nach Ginger und begab mich anschließend ins untere Stockwerk. An der Haustür suchte ich seine Leine heraus. Ich machte den kleinen Zwergspitz daran fest und wir verließen das Haus für eine längere Zeit.

Am Ende der Stadt hatte ich die katholische Kirche aufgesucht, die der ältere Herr aus dem Altenheim erwähnt hatte. Die Tür war verschlossen. Es gab allerdings eine Klingel. Also hatte ich geläutet.

Einige Augenblicke später kam ein Herr mit kurzen, grauen Haaren und einer Brille um die Ecke gelaufen und meinte; »Das ist ja eine Überraschung! Sonst verirrt sich selten jemand hier her! Verzeihen Sie! Irgendwann hab ich aufgehört aufzusperren! Es kam ohnehin niemand!«

»Alles in Ordnung!«, hatte ich freundlich erwidert.

»Ich bin Hermann!«, hatte er sich vorgestellt. Selbstverständlich stellte ich mich ebenfalls vor.

Nachdem er die Tür aufgeschlossen hatte,

fragte ich, ob er Weihwasser vorrätig hätte.

»Etwas müsste da noch im Kanister sein!«, erwiderte Pfarrer Hermann. Also griff ich mir einen kleinen Krug.

»War bestimmt ein beängstigendes Gefühl, nicht wahr?«

»Was denn?«, fragte ich zurück.

»Als die Präsenz in das Haus zurückkehrte! Müsste etwas nach Mitternacht gewesen sein!«, fuhr er fort.

Ich sah Pfarrer Hermann skeptisch an. Woher konnte er das so genau wissen?

»Sind Sie der neue Eigentümer?«, hatte er gefragt.

»Nein! Ich bin aktuell mehr so etwas wie ein Hausverwalter! Herr Eckert ist im Krankenhaus und wird operiert!«, entgegnete ich.

»Sie sagten – Mitternacht! Woher wissen Sie das?«, fragte ich weiter.

Der Pfarrer erzählte daraufhin; »Zu dieser Uhrzeit ist ein Schatten über die Stadt hinweggezogen! Wie eine dunkle, riesige Wolke am Himmel! Sie hatte sich über dem Herrenhaus zusammengefunden! Als diese Finsternis über diese Kirche wanderte, fielen sämtliche Kreuze von den Wänden! Ich habe sie erst heute Morgen wieder aufgehangen!«

»Was ist dort?«, wollte ich wissen.

»Es sind nicht nur die Geister und verlorenen Seelen, die dort umherirren! - Die nie ins Licht gefunden haben! Dort wandelt etwas anderes! Etwas Finsteres! Ein Geschöpf, dass nicht von dieser Welt ist! Etwas abgrundtief Böses! Es hält sie alle dort gefangen! - Ich habe die Stadt so viele Jahre angefleht, das Haus abzukaufen! Damit dort nie wieder unschuldige Menschen Leid erfahren müssen! Es gab sogar ein Gutachten! Das Einzige, das damals meine Vermutungen gestützt hätte, wäre die Aussage des jungen Mädchens gewesen! Sie schrieb diese in ein Notizbuch. Doch ich habe es nie gefunden!«, antwortete Pfarrer Hermann.

»Was ist das für eine Aussage?«, wollte ich wissen.

»Wilma gestattete der Stadt das Anwesen für die Unterbringung von Frauen zu nutzen, die Gewalt erfahren mussten! Dazu gehörte auch eine junge Mutter mit ihrer Tochter! Die Tochter kam irgendwann auf mich zu und suchte um Rat! Sie erzählte mir, dass sie jede Nacht Besuch bekämen! Etwas lief in diesem Anwesen umher und hatte sie zu Tode geängstigt! Scheinbar soll es auch Angriffe gegeben haben! Ich setzte mich daraufhin mit den Behörden in Verbindung! Sogar die örtliche Zeitung wurde aufmerksam! Die Mutmaßungen reichten von häuslicher Gewalt bis hin zum Wandeln eines Dämons! Natürlich wurde ihr dann verboten, mit mir je wieder ein Wort zu wechseln! - Sie zogen als Konsequenz weg! Unter den zurückgelassenen Gegenständen habe ich das Notizbuch aber nie gefunden!

Der Fall hat damals alles verändert! Selbst mir unterstellten sie, dass ich die Familie gedeckt oder sie sogar in ihrem Treiben unterstützt hätte! Manchmal ist die Engstirnigkeit der Menschen nicht mehr zu überbieten! Es kamen sogar Gerüchte auf, ich wolle Wilmas Familie das Herrenhaus wegnehmen! Denn Nigel Howard war ihr Stiefvater! - Ich beabsichtigte doch nur einem Kind zu helfen, das sich jede Nacht vor einem Monster gefürchtet hatte! Seitdem kamen immer weniger Menschen hier her! Dieser Bericht hätte damals zumindest das Ganze in eine andere Bahn gelenkt! - Heute kann ich leider nichts mehr tun! Weder für sie noch für das Haus! Ich wüsste aber gern für meinen eigenen Seelenfrieden, dass ich damals nicht falsch gehandelt hatte! Dass es berechtigt gewesen war!«, erzählte Pfarrer Hermann.

»Ich brauche Ihre Hilfe, Pater! Ich sah einen Mann mit einer Laterne! Ich kann mir da keinen Reim darauf machen! Was will er?«, fragte ich verzweifelt.

»Dunkle Wesen erhellen nichts! Sie nehmen das Licht! ... Eine Laterne, sagtest du?«, grübelte Pfarrer Hermann.

Dann fuhr er fort; »Auf meinen Reisen durch den Nahen Osten lernte ich Erzählungen kennen, die mich sehr überrascht hatten! Es ging nicht nur um das Gute und das Böse! Sie reichten weit über unsere Vorstellungskraft hinaus! Dann stieß ich auf östliche Praktiken! Doch im Kern kamen sie mir sehr bekannt vor! Es waren Ausführungen und Weiterleitungen aus heiligen Schriften! In einer Sage, soll am Gipfel eines Hügels ein Dämon erschienen sein! Eine dunkle Gestalt, die keine besonderen Merkmale an sich trug. Und mit seinem Erscheinen sollen sämtliche Lichtquellen der Stadt erloschen sein! ... Dein Laternen-Mann! Vielleicht verbreitet er ja kein Licht! Vielleicht sammelt er es ein! Bis alles in Finsternis versunken ist!«

Wir hatten uns mehrere Stunden über die Ortschaft unterhalten. Über Mythen und Legenden. Seine Reisen durch die Welt.
Auf seine spezielle Art wirkte Hermann wie ein aufrichtiger Kerl. Ich wusste nicht wirklich, welcher Seite ich Glauben schenken sollte oder

konnte. Aber vielleicht lag diese Entscheidung auch gar nicht bei mir selbst. Im Endeffekt war ich kein Zeuge. Weder Kläger, noch ein Richter. Ich war nur Beobachter der Gegebenheiten. Das tun Fotografen. Sie beobachten. Genauso wie Schriftsteller schreiben. Darin liegt ihre Kunst.

Am Abend des Neujahrstages kehrte ich mit einem ziemlich unguten Gefühl schließlich ins Herrenhaus zurück. Die wetterliche Atmosphäre hatte sich seit meiner Ankunft in der Stadt keine einzige Sekunde gebessert.

Zum Läuten des vorinstallierten Haustelefons hatte ich schließlich die Haustür geöffnet. Dunkelheit wehte mir kalt entgegen. Ich ließ Ginger von der Leine und griff zum Hörer des immer noch klingelnden Telefons. Es war das Krankenhaus. Sie baten mich zu kommen. Also ließ ich Ginger im Haus zurück, zog die Tür zu und machte mich auf den Weg ins Krankenhaus.

Der Regen war zurückgekehrt und prophezeite so die Dunkelheit, die mir noch bevorgestanden hatte. Die Wolken sammelten sich und versperrten so die Sicht und die Hoffnung der Menschen zum hellen Schein der Sterne.

Eine Krankenpflegerin hatte mich in das Stationszimmer gebeten. Dort räumte sie eine Akte auf den Tisch. Mit einem Kugelschreiber schrieb sie einige Daten hinein.

»Herr Eckert ist gerade eingeschlafen! Er leidet aktuell an sehr schweren Schmerzen!«, hatte sie anschließend gesagt.

»Was ist genau passiert?«, wollte ich wissen.

Sie fuhr fort; »Es gab eine Komplikation! Natürlich war etwas Glück im Unglück im Spiel! Herr Eckert wird nächste Woche in eine andere Klinik verlegt!«

»Komplikationen? Was genau ist vorgefallen?«, wollte ich wissen.

»Ich weiß nicht, ob ich Ihnen das überhaupt erzählen darf! Sie sind immerhin kein Familienmitglied! Er erzählt es Ihnen am besten selbst! Aber nicht mehr heute!«, sagte die Pflegerin.

»Wieso haben Sie mich dann hierhergerufen?«, wollte ich wissen.

»Ich befürchte, dass Herr Eckert womöglich nicht mehr zurück in das Landhaus kehren kann! Es sind immerhin lange Monate Rehabilitation angesagt und das ist erst der Anfang! Ein Mann in seinem Alter und auch noch mit den Schwierigkeiten - er wird im Anschluss sehr wahrscheinlich in ein

Altenheim kommen! ... Ich habe vorhin mit einer netten Frau gesprochen! Die Eigentümerin des Landhauses! Sie meinte, dass sie für ein privates Altenheim finanziell sorgen wolle! Und das bringt uns jetzt zu Ihnen – junger Mann! Es wird ein Transportunternehmen kommen! Diese werden die wichtigsten Wertgegenstände von Herrn Eckert schon einmal holen. Das wird aktuell noch abgeklärt! Der Rest wird eingelagert! - Sie müssen dort dabei sein! Ihnen aufschließen und die Zugänge ermöglichen!«, hatte sie geantwortet.

»Was passiert mit den Tieren?«, fragte ich weiter.

»Es werden auch Leute vom Tierheim kommen! Herr Eckert wird sie nicht mitnehmen können!«, sagte sie.

»Und was ist mit Wilma? Der Eigentümerin?«, wollte ich wissen.

»Sie lebt schon seit Jahrzehnten in England! Die Tiere gehören, laut ihrer Aussage, ohnehin Herrn Eckert selbst! Aber auch dafür kommt sie auf! Den Transport, die Unterbringung, das Altenheim! Sollte alles gedeckt sein!«, erzählte die Pflegerin.

Die so finstere Welt wurde noch dunkler, als ich das Krankenhaus wieder verlassen hatte. Es schien für einen Augenblick so, als würde alles in einem unkontrollierbaren Zustand des Verfalls münden und mir hatte die nötige Kraft gefehlt, dagegen etwas tun zu können.

Kapitel 7

Bei meiner Ankunft im Herrenhaus war es sehr spät gewesen. Über dem Haus kreisten in einer beachtlichen Höhe schwarze Vögel. Was ungewöhnlich war. Denn der Regen hatte noch immer nicht nachgelassen.

Ich vermied es an diesem Abend allzu lange im Eingangsbereich zu verweilen. Schnelle Schritte brachten mich im Anschluss in das obere Gästezimmer. Meine Hand zitterte. Das hatte ich bemerkt.

Ich atmete einmal tief ein und versuchte, mich wieder zu beruhigen. Ich ging ans Fenster und sah hinaus in den Garten. Ich beobachtete, wie die Nacht zusammen mit dem Wolkenbruch die Finsternis zurückbrachte.
Es fing leicht an, doch sehr schnell wurde es zu einem Sturm, und die Gegend versank in hagelnden Tropfen.

Mir fielen immer mehr und mehr die Augen zu. Meine Kraft schwand und ich fühlte mich nicht

mehr wirklich Herr meiner Sinne. Erneut fuhr
ich fast vollständig herunter.

Anschließend fand ich mich in einem Traum
wieder. Es war ein sehr großer Park. So eine
Ortschaft, die man mit der Familie besucht
hätte.

Entlang der Gehwege ragten hohe Bäume
empor. Der Pfad führte einmal im Kreis um das
gesamte Areal.

In der Mitte gab es eine Wiese mit Sitzflächen.
So sehr ich mich auch bemüht hatte, ich konnte
dort niemanden sonst erblicken.

Ich wandelte allein und lief die Wege durch,
während sich um mich herum eine Bedrückung
ausgebreitet hatte.

Es machte mir sehr große Angst. Denn das ging
über ein Gefühl hinaus. Es hatte nichts von
einem normalen Alptraum gehabt. Dafür war
es zu reell gewesen.

Der Himmel hatte sich verändert und ein grün-
bläulicher Schimmer hatte den gesamten Park
eingenommen. Ein düsterer Kontrast.

Vor Angst rannte ich den Gehweg entlang. Ich
sah mich mehrfach um, doch konnte nicht
genau sagen, was mich verfolgte oder mir
solche Angst gemacht hatte.

Dann holte mich der dunkle Schatten ein.

Es fielen reihenweise Menschen aus den

Baumkronen nieder. Sie baumelten an einem Strick herunter.

Ich sah einmal durch den gesamten Park und überall schwangen sie nach und nach von den Bäumen hinunter und dabei fielen die Blätter im leichten Wind nieder.
Ich rannte den Pfad hinunter und je weiter ich kam, desto dunkler wurde es. Ich hatte keine Angst vor dem, was ich sehen konnte. Sondern vor dem, was mir verborgen blieb. Ich konnte es jedoch spüren. In den Tiefen meiner Brust. Eine Schwärze hatte sich ausgebreitet.

Kurz nach Mitternacht wurde ich dann aus dem Schlaf gerissen. Mit dem letzten Läuten der zwölf Schläge wusste ich, dass ein neuer Tag begonnen hatte. Doch das war nicht der eigentliche Grund für mein vorzeitiges Erwachen.
Etwas hatte mich an der Schulter berührt. Ich blickte daher schlaftrunken um mich herum. Meine Decke lag länglich zusammengeknüllt an meiner Seite. Das Kissen war vollständig verschwunden. Da spürte ich eine Anwesenheit. Es hatte ausgereicht, um mein Herz rasen zu lassen.

Das Zimmer war zu diesem Zeitpunkt enorm

abgekühlt gewesen. Die Ecken des Raumes bargen enorme Schatten. Mein Herz schlug immer schneller vor Angst. Der Traum hatte diese Furcht in mir wachgerufen und nun entfaltete sie sich tief in mir drin. Die Saat war aufgegangen und verschlang mein Sein vollständig.

Ich schloss die Augen und versuchte weiter zu schlafen. Ich strengte mich enorm an. Doch etwas befand sich im Haus. Es wandelte dort umher. Ich fühlte es. Denn kurz darauf hatte es sich bemerkbar gemacht.

Es hatte die Vögel im unteren Stockwerk aufgeschreckt. Um diese Uhrzeit hatten sie sonst nie so laut gezwitschert.

Die Tiere benahmen sich, als würde sie jemand durch das Zimmer scheuchen. Immer und immer wieder. Das war kein simples Vogelgezwitscher mehr. Das waren panische Rufe.

Natürlich taten sie mir leid und ich hätte nachsehen müssen. Doch ich war starr vor Angst. Konnte mich keinen einzigen Millimeter rühren. Ich wusste nicht, wie ich reagieren sollte. Mein Körper hinderte mich an jeglicher Aktion.

Kurz darauf hörte ich dumpfe Schrittgeräusche. Etwas wanderte vom unteren Flur, die Treppe zu mir hinauf. Ganz langsam knarrten die Dielen.

Ich versuchte, nicht daran zu denken, doch dann sah ich Ginger.

Er war wach und blickte mit gespitzten Ohren skeptisch zur Tür. Da wusste ich, dass ich mir das nicht zusammen phantasierte.

Im nächsten Moment richtete sich der kleine Zwergspitz auf und sprang hinunter vom Bett. Angespannt lief er zur Tür und blieb davor stehen.

Ich dagegen lag noch immer auf dem Bett und konnte mich kein bisschen rühren. Ich zitterte sehr stark. Mein Herzklopfen verursachte unerträgliche Schmerzen in meinem Brustkorb. Ein Brennen quälte mich. Doch irgendwie holte mich dann der Schlaf trotzdem zurück ins Land der Träume.

Gegen die frühen Morgenstunden wurde ich mit dem zweiten Läuten in der Abfolge von drein erneut aus dem Schlaf gerissen. Es lag nicht primär an dem Läuten der Uhr. Da war ein anderes Geräusch, das dumpf durch die Räume laute. Simpel und eintönig.

Doch wiederholte es sich immer und immer

wieder. Ein raues Kratzgeräusch drang in mein Gästezimmer hinein.

Ich schritt in der Finsternis zur Tür und lauschte, doch es schien nicht aus dieser Richtung zu kommen.
Vielmehr wurde jenes Geräusch lauter, als ich mich der Zwischenwand näherte. Es wirkte so, als ob die Laute direkt aus dem Nebenraum kommen würden.
Mit leisen Schritten wagte ich mich immer weiter an dieses Mauerwerk heran, ohne wirklich nachgedacht zu haben.
Mit Neugierde stützte ich meine beiden Hände darauf und drückte anschließend vorsichtig mein linkes Ohr dagegen.

Zunächst vernahm ich tatsächlich dieses groteske Kratzen durch die Wand hindurch.
Eine helle Stimme summte ein Lied, welches an eine Ballade erinnerte.

Doch auf einmal wurde es dann still. Es tat sich nichts mehr. Kein einziger Laut war mehr zu hören.

Da ich die ganze Zeit mit offenem Mund dagestanden hatte, war mein Hals ausgetrocknet und ich musste mehrmals schmerzhaft schlucken.

Ich stand verloren gegen die Finsternis gelehnt. Dann knarrte eines der alten Holzdielen aus dem Nebenraum.

Ginger wurde aufmerksam und sprang bellend auf. Das hatte mich ziemlich erschreckt. Ich versuchte mich noch von der Wand wegzudrücken, doch das klappte nicht. Ich prallte gegen die Seitenfassade und anschließend fiel ich zu Boden.

Das Adrenalin schoss darauf durch meine Adern. Während ich mich aufgerichtet hatte, konnte ich hören, wie dieses unbekannte Ding aus dem Nebenraum hinaus gerannt war. Ein leichtes Beben ging durch den Flur des Obergeschosses.

Ginger turnte währenddessen an der Zimmertür und wollte, dass ich sie ihm öffnete. Die Kanarienvögel fingen erneut an, durch das Haus zu zwitschern.

Tausend Gedanken schossen mir zu diesem Zeitpunkt durch den Kopf. Aufgeben war eine interessante Option gewesen. Doch das hätte ich Herrn Eckert nicht antun können. Meine Zeit dort im Haus neigte sich ohnehin schon dem Ende. Das musste ich noch abschließen.

Das war das Mindeste.

Ich setzte mich anschließend auf das Bett. Ich stand vor einem Schritt, der mir gewaltige Angst gemacht hatte.
Die Person, die durch den Flur gerannt war, könnte ja noch immer anwesend sein, dachte ich mir. Also musste ich das Haus prüfen.
Wenn nicht für mich, so wenigstens für Herrn Eckert oder die Hauseigentümerin Wilma.
Ich wollte ja nicht, dass es plötzlich hieß, dass jemand eingebrochen sei und ich nichts unternommen hätte.

Die Polizei einzuschalten, war eine mögliche Alternative. Doch was hätte ich denen sagen sollen? Ich denke, hier spukt es. Eine dunkle Präsenz bewegt sich in der Nacht durch das Haus. Das hätte vermutlich nicht so gut geklungen.

Zunächst wollte ich in den Nebenraum. Dort, wo ich das Kratzen herausgehört hatte.
Dafür schritt ich mit vorsichtigen Schritten aus dem Gästezimmer hinaus und lief in den unbeleuchteten Flur. Ich blickte in eine deprimierende Kulisse hinein, die in der Nacht ihr wahres Gesicht zu offenbaren versuchte.
Der Schein des Mondlichtes durch die wenigen

Fenster im Korridor verstärkte die Aura des Hauses.

Der Schatten verdrängte das Licht.

Ich öffnete das Nebenzimmer auf der rechten Seite und hoffte dabei, dass dort niemand sein würde. Zum Glück war es dann auch so gekommen.

Es war ein sehr altmodisch eingerichtetes Zimmer. Direkt an der Wand, an der ich gelauscht hatte, stand ein großer Schminktisch. Ohne die minimalistisch gehaltene Einrichtung wahrgenommen zu haben, schritt ich direkt auf dieses Möbelstück zu. Ich sah auf die Ablagefläche und fand dort eine alte Haarbürste.

Es war kein Kratzgeräusch gewesen. Jemand hatte sich die Haare gebürstet und dabei möglicherweise gesummt.

Ich zog einzelne braune Haarsträhnen aus den Borsten der Haarbürste heraus.

Wie war das möglich? Das Herrenhaus war nicht bewohnt gewesen.

Selbstverständlich hatte ich Panik bekommen. Vermutlich wäre ein anderer auf und davon gewesen.

Doch meine Situation war nicht so einfach.

Vorsichtig legte ich die Bürste wieder auf den Tisch zurück.

Ich sah in die Spiegelung hinein und erkannte plötzlich hinter mir einen großen, pechschwarzen Kopf mit langen, strubbeligen Haaren, der hinein in das Zimmer spickte. Weiße, große Augen blickten durch die Haare hindurch, die sich über dem Gesicht aufgetan hatten.
Der Kopf hing hinein und das Wesen umklammerte dabei die Türkante mit einem langen, schwarzen Arm. Fast schon an der obersten Ecke.
Das Ding war nach Augenmaß so um die drei Meter groß gewesen.

Ich drehte mich panisch zur Tür um, doch da war es plötzlich verschwunden.
Im nächsten Moment nahm Ginger die Jagd auf. Der kleine Schoßhund rannte tapfer durch den Flur auf die andere Seite des Herrenhauses. Dem Wesen dicht auf den Fersen.

Mit gesammeltem Mut folgte ich nach.
In einem Anflug von Wahnsinn und Unachtsamkeit hatte ich mich also in den finsteren Korridor und dann hinüber auf die

andere Seite des Herrenhauses begeben.

Unter einem Adrenalinschub verzerrte sich meine Wahrnehmung. Stellenweise konnte mein Gehirn die wahrgenommenen Bilder nicht verarbeiten und so kam es mir vor, als würde ich sekundenartig zwischen den Welten der Realität und die der Traumebene hin und her wechseln. Die Atmosphäre einer völlig zerstörten Welt wirkte auf mich ein. Sie umwickelte mich in einen Kokon aus Leid, Schmerz, Verzweiflung und der Finsternis selbst.

Die Tür des Turms öffnete sich dann plötzlich wie von alleine und etwas bewegte sich vom Dachboden hinunter. Ein leises, tiefes Lachen verhallte.

Ich hatte nach Ginger gegriffen und ihn hochgehoben. Mit Eile lief ich den Flur wieder zurück. Ich wollte die Treppe nach unten nehmen, um das Haus so zu verlassen. Doch dann knarrten die Treppenstufen sehr laut. Etwas bewegte sich sehr schnell nach oben zu mir. Also war ich zurück in das Gästezimmer gerannt und hatte die Tür versperrt.
Während ich zitternd die Hände über meinem Kopf verschlug und darüber nachgedacht hatte,

was ich tun hätte können, schlug es erneut an der Haustüre des Gebäudes.

Die Finsternis hatte ihre Arme um mich gelegt. Wie eine dicke Decke, unter der dich niemand hätte schreien hören können.
Die sich im Wind verlautenden, alten, morschen Holzdielen verstummten in diesem Moment und trugen zum Bild einer einsamen und verlassenen Welt im tiefsten Kreis der Hölle bei.

Die Wanduhr gab so auch keinen einzigen Schlag mehr von sich. Nicht einmal die sehr leisen Bewegungen des Sekundenzeigers waren mehr zu vernehmen.

Dann rumpelte es wie aus dem Nichts an der Gästezimmertür - direkt neben mir. Etwas schlug mehrmals heftig dagegen. So stark, dass sich die gesamte Tür bewegt hatte.

Ginger schoss daraufhin aus der Ecke und fing an zu bellen. Mein Herz setzte für einen kurzen Augenblick aus. Ein gewaltiges Angstgefühl hatte mich gelähmt.
Ich sprang im nächsten Moment unter Panik auf, legte mir meine ohnehin abreisebereit gemachte Tasche um und griff nach Ginger. Ich

nahm den kleinen Zwergspitz auf den Arm und ohne eine Sekunde gezögert zu haben, öffnete ich das Fenster und sprang mit ihm aus dem ersten Stock hinunter.

Wir landeten im Garten hinter dem Herrenhaus. Ich war mit dem Rücken aufgekommen. Ginger war dagegen viel komfortabler gelandet. Auf mir.

Als ich gerade dabei war, mich wieder aufzurichten, hatte ich bemerkt, dass mein Bein in einer kleinen Grube versunken war. Zwischen all der Erde fühlte ich gebrochenes Holz. Ich ertastete dort eine kleine Kiste.
Diese musste scheinbar im Garten vergraben gewesen sein. Darin erfühlte ich ein buchartiges Objekt. Ohne lange zu überlegen, öffnete ich die Tasche und verstaute es darin.

Wie ein Irrer rannte ich anschließend einmal um das Anwesen herum. Ich lief so schnell über den Vorhof, dass ich kaum mehr Luft bekam.
Die schwarzen Krähen auf den Dachschrägen krächzten in einem bedrohlichen Ton in die dunkle Nacht hinaus.

Ich bemerkte, wie dunkle Silhouetten von

beiden Seiten auf mich zugelaufen kamen.
Sie hatten keine Gesichter. Keine Augen.
Keinen Mund.
Eine finstere Aura weilte an diesem Ort.

Mir blieb fast das Herz stehen, als eines dieser
Gestalten zwischen den Bäumen hervorkam
und fast in mich hineinlief.
Zum Glück konnte ich noch mit letzter Kraft
umschwenken. Auch wenn ich dabei fast auf
dem Boden gelandet wäre. Ich rotierte einmal
fast vollständig um meine eigene Achse beim
Versuch, dort lebend hinauszukommen.

Ich raste schließlich mit einer enormen
Geschwindigkeit vom Gelände auf die Feldwege
hinaus.

Ginger drückte ich währenddessen mit dem
Arm gegen meine Brust und hielt ihn auf diese
Weiße oben.

In der anderen Hand hatte ich komischerweise
seine Leine gehabt. Ich musste sie mir
reflexartig geschnappt haben. Anders konnte
ich mir das Ganze nicht erklären.
Das metallische Karabiner-Ende schlug
während meiner Flucht immer wieder gegen
meine Beine, gegen den Rücken, gegen mein

Arm. Doch das war mir alles egal. Ich wollte dort nur weg.

Gegen Vier Uhr am Morgen war ich dann in der Stadt angekommen.
Ich klopfte bei Melanie an. Doch sie machte die Tür nicht auf. Also rannte ich weiter die Straße hinunter.
Ginger hatte ich derweil abgesetzt und an die Leine genommen.

Meine Suche nach Nächtigungsmöglichkeiten brachte Ginger und mich zurück zum Hotel. Zum Glück konnte ich mich um diese Uhrzeit noch einbuchen.

Ich zog alle Gardinen auf und verschaffte mir so eine klare Sicht hinaus.

Mit diesem Eindruck schlief ich dann erst bei Sonnenaufgang ein.

Kapitel 8

Meine Zeit im Endhown hatte ein vorzeitiges Ende genommen. Dadurch, dass Herr Eckert ohnehin nicht mehr zurückkehren würde, zog ich für mich ebenfalls einen Schlussstrich. Ich wollte alles so schnell wie möglich beenden. Daher hatte ich mich mit Wilma und dem Krankenhaus noch einmal in Verbindung gesetzt.

Am Morgen eines kalten, nebligen Mittwochs im Januar fuhren zwei kleine Laster auf den Vorhof des Endhown-Anwesens.
Die Transporteure luden fast die komplette Einrichtung des kleinen Beihauses ab. Das Wichtige ging mit ins Heim. Der Rest zu einer Aufbewahrungsstelle.

Das kleine Haus von Herrn Eckert stand binnen einer Stunde vollständig leer.

Anschließend war eine nette Dame an mich herangetreten, während ich das Haus vom Vorhof aus skeptisch beobachtet hatte.

»Schönen Guten Tag! Ich bin vom Tierheim! Ich soll hier vier Kanarienvögel und einen kleinen Hund abholen!«, hatte sie gesagt.

Ich führte sie in das Zimmer der Kanarienvögel im Endhown-Anwesen.

In zwei großen Käfigen brachte sie anschließend die Tiere in ihr Auto.

»Meiner Information nach, gibt es noch einen kleinen Zwergspitz! Wo finde ich den?«, hatte sie gefragt.

»Das tut mir leid! Er lief hinfort und jemand hat ihn sehr wahrscheinlich mitgenommen! Ich finde ihn nicht mehr wieder!«, hatte ich gesagt.

»Oh! Das ist jetzt aber ziemlich ärgerlich! Hmm!«, hatte die Dame erwidert. Sie sah ihre Formulare durch, aber konnte nichts weiter tun.

Schlussendlich fuhren sie allesamt wieder vom Gelände. Meinen Koffer und die dazugehörigen persönlichen Gegenstände aus dem Gästezimmer hatten sie mir, wie vorher vereinbart, vor die Tür gestellt. Die Schlüssel hatte ich abgegeben.

Ich lief mit Hoffnung vom Anwesen und blieb an der Pforte noch einmal stehen. Im grauen Nebel gefangen, blickte ich ein letztes Mal zum Herrenhaus hinüber.

Die Stimmung hatte sich schlagartig geändert. Dunkelheit wirkte erneut auf mich ein. Ein kalter Wind fegte durch das Gelände hinweg.

Als ich ein weiteres Mal zum Endhown-Herrenhaus geblickt hatte, flackerten alle alten Lichtquellen des Hauses synchron an und wieder aus. Immer und immer wieder. Das Ganze hatte etwa vier oder fünf Sekunden gedauert. Dann standen auf einmal schwarze Silhouetten an den Fenstern. An jedem einzelnen Fenster dieses unheiligen Hauses. Sie verschwanden jedoch wieder so schnell, wie sie erschienen waren.

Ich drehte dem Haus meinen Rücken zu und lief anschließend über die Feldwege zurück in die Stadt hinein.

Das war mein letzter Tag in der wunderschönen, altertümlichen Stadt gewesen. Auch von Melanie wollte ich mich noch einmal verabschieden. Irgendwie zog es mich dort hin. Ich klopfte mehrfach an ihre Tür, doch sie hatte erneut nicht geöffnet. Ich lauschte zudem noch an der Wohnungstür, doch konnte nichts vernehmen.
Enttäuscht lief ich wieder aus dem unheimlichen Hausgang hinaus und begab

mich in den kleinen Bäckerladen, welcher sich
ja gleich nebenan befunden hatte. Dort wollte
ich eine Kleinigkeit für Herrn Eckert holen und
es ihm zum Abschied ins Krankenhaus bringen.

Dort hatte mich wieder die nette Dame
empfangen, die mich schon am
Weihnachtsmorgen bedient hatte.
»Ach, Sie kenne ich doch!«, hatte sie freundlich
gesagt.
»Das stimmt! Und wie geht es Ihnen?«, fragte
ich.

Während wir uns unterhielten, blickte ich
irgendwann auf ihr Namensschild. Ich fiel von
allen Wolken nieder. Mitten im Satz schnaufte
ich einmal tief durch.
»Kennen Sie die Bewohnerin der Wohnung
hier? Melanie?«, hatte ich gefragt und sie dabei
unterbrochen.
»Eine Melanie kenne ich nicht, nein!«, hatte sie
verwundert geantwortet.

Ich verließ die Bäckerstube abrupt und rannte
die Straße hinunter. Richtung Krankenhaus. Da
hatte ich ebenfalls bemerkt, dass sämtliche
Fenster über dem Bäckerladen weder Gardinen,
noch andere dekorativen Gegenstände trugen.

Voller eile betrat ich das Zimmer von Herrn Eckert im Krankenhaus, der sich gerade auf seine Verlegung vorbereitet hatte.

»Du bist ja außer Puste!«, merkte er an.

»Herr Eckert! ... Ich muss Sie etwas dringendes Fragen ... «, schnaufte ich und wollte gerade fortfahren, da hatte ich etwas Erschreckendes bemerkt.

»Herr Eckert! Ihr Bein?«

Er erzählte mir, dass er noch rechtzeitig ins Krankenhaus gekommen war. Hätte er noch ein paar Tage oder Wochen gewartet, hätte sich möglicherweise das festsitzende Blutgerinnsel in seinem Bein gelöst und es hätte tödliche Folgen für ihn haben können. In einer Notoperation wurde ihm das Bein amputiert und somit noch sein Leben gerettet.

Deswegen war auch seine Stimmung verständlicherweise am Boden.

Mir schossen eintausend Gedanken durch den Kopf. Aber eins ließ mich nicht mehr los . Auch wenn der Zeitpunkt ungünstig gewesen war.

»Herr Eckert! Diese Frau Müller, von der ich scheinbar kam! Am ersten Tag! Als ich Ginger zurückbrachte! Da meinten sie doch Melanie? Also Melanie Müller? Die Bewohnerin dort oben! In der Wohnung am Ende der Straße! Über dem Bäcker! Weil ... Die Bäckerin hat ein Namensschild! Da steht auch Müller!«, stellte ich skeptisch fest.

»Nein! Sie heißt Birgit! Die Dame, die im Bäckerladen arbeitet! Ginger rannte oft zu ihr, wenn er ausgerissen ist! Sie brachte ihn wieder zurück! Von ihr kamst du doch?«, hatte er gefragt.

»Ich hab eine Melanie dort kennengelernt! Eine Melanie, die Ginger kannte! Sie wohnt über dem Bäcker!«, setzte ich fort.

»Das ist absolut unmöglich! Die Häuser an der Straße sind alle leer! Vor einem halben Jahr gab es deswegen sogar eine Debatte auf politischer Ebene! Sie werden in wenigen Monaten alle saniert und weiterverkauft! Alle sind geräumt! Bis auf die Bäckerstube«, hatte er erzählt.

»Ich weiß nicht, woher du den Namen Melanie kennst! Aber meine Tochter hieß Melanie! Ginger war eigentlich ihr Hund gewesen! Mein armes Kind! Sie gab ihm sogar seinen Namen! - Melanie studierte damals Medizin und träumte davon, einmal Ärztin zu werden! Doch das Schicksal meinte es nicht gut mit ihr! Sie hatte einen Unfall! - Sie überlebte zwar, war aber ab diesem Zeitpunkt von der Hüfte abwärts gelähmt! Wir versuchten, sie immer wieder zu motivieren! Aber das wollte sie nicht! Sie wurde immer trauriger in diesem Haus! Irgendwann wollte sie selbst den Rollstuhl nicht mehr sehen! Es hat sie kaputtgemacht! Sie zog sich nur noch über den Boden! Voller Qualen! Tage, Wochen, Monate! Das war schmerzhaft! Es mitansehen zu müssen! Als eigener Vater! Ich konnte ihr nicht helfen! Ich konnte ihre Last nicht nehmen«, erzählte Herr Eckert und vergoss dabei einige Tränen.

In dem Moment musste ich an das Geräusch zurückdenken, dass ich dort vor der Tür gehört hatte. An meinem ersten Tag in dieser Stadt. Das Geräusch, als würde jemand etwas Schweres über den Boden schleifen. Ich dachte plötzlich an eine Frau, die sich in der Dunkelheit der Nacht über den Boden zog.
»Sie nahm sich das Leben! Vor etwa acht Jahren!«, setzte Herr Eckert seine Erzählung fort.

Ich wusste nicht, was ich sagen sollte. Das Ganze ließ selbst mich sprachlos zurück.
Ich tat mir schwer, mir vorzustellen, dass der Geist von Melanie Ginger zu mir gelotst hatte.

Sie wusste, dass ich auf das Haus aufpassen würde und so ihr Vater die Chance bekäme, sich endlich in medizinische Behandlung zu begeben. - Noch rechtzeitig, um nicht zu sterben und somit vielleicht dem Haus und dessen schlechter Aura für immer zu entkommen.

Ich dachte daran, dass der Geist einer besorgten Tochter eine Gegebenheit geschaffen hatte. Ginger musste sie auch gesehen haben.

Vielleicht war er mir deswegen im Endhown nicht mit auf das Dachgeschoss gefolgt. Vielleicht war sie auch dort anwesend. Vielleicht war es Melanie, die an die Tür des Gästezimmers kam, um mich zu warnen.

Ich dachte darüber nach, dass ich dort möglicherweise alleine gewesen bin. Alleine in einer geisterhaften Finsternis.

»Herr Eckert! Ich muss nun weiter ziehen! Ich wünsche Ihnen wirklich nur das Allerbeste! Und machen Sie sich keine Sorgen um Ginger! Ich bin mir sicher, ihm geht es gut, da wo er jetzt ist!«, hatte ich gesagt und leitete somit den Abschied ein.

Auf dem Weg zurück ins Gästehaus, hatte ich noch einen kleinen Stopp in der Kirche eingelegt. Dort suchte ich Pater Hermann ein letztes Mal auf.

»Das Endhown-Herrenhaus war eine interessante Erfahrung!«, hatte ich gesagt.
»Also wollen Sie andeuten, dass Sie mir glauben?«, wollte er wissen.

»Ich bin skeptisch! Irgendwie muss ja immerhin die Technik meiner Kamera versagt haben! ... Aber eines interessiert mich!, hatte ich geantwortet.
»Ich bin auf deine Frage gespannt!«, fuhr er fort.
»Woher wussten Sie, ohne jemals in dem Haus gewesen zu sein, dass es darin spuken würde?«, wollte ich wissen.

»Die Tochter hatte mich in einem Zeitraum von einem halben Jahr in etwa achtzehn Mal aufgesucht! Zunächst hatte ich versucht, ihr die Furcht und die Zweifel zu nehmen, dass sich jetzt sehr viel in ihrem Leben ändert! Das wäre eine mögliche Erklärung! Doch an einem Tag hatte das kleine Mädchen mir etwas sehr Eigenartiges anvertraut. - Sie schlief im Bett! Irgendwann nach den Mitternachtsstunden war sie allerdings wieder aufgewacht! Sie blickte in die Ecke des Raumes und sah eine alte, dürre

Frau dort stehen! Sie hatte sich keinen Zentimeter bewegt. Ihre Augen sollen durch die Dunkelheit gestrahlt haben. In diesem Augenblick sei sie levitiert. Sie hob sich aus dem Bett empor und schwebte immer näher zu ihr hin. Je näher sie ihr kam, desto mehr konnte sie lauschen, was die alte Hexe ihr zu sagen hatte! Das kleine Mädchen schrie - die Mutter kam hineingestürmt! In dem Moment fiel das Mädchen zu Boden. Vier Meter neben ihrem Bett!«, erzählte Pfarrer Hermann.

Ich war erneut sprachlos.

»Damit neigt sich meine Zeit hier in eurer Stadt dem Ende!«, merkte ich zynisch an und holte dabei das kleine Büchlein hervor, das ich im Garten vergraben gefunden hatte.

»Für ihren Seelenfrieden, Pater! Ich habe kurz hineingesehen! Es sollte Ihre Aussagen stützen!«, sagte ich und überließ Hermann die Niederschriften des kleinen Mädchens, das einst seine Hilfe suchte. Anschließend hatte ich mich verabschiedet und verließ die Kirche.

Im Gasthaus holte ich meine restlichen Wertgegenstände und meinen neusten und treuesten Begleiter - Ginger. Er hatte dort brav auf mich gewartet.

Im Anschluss hatten wir uns beim ersten

Schneefall des neuen Jahres dann zum Bahnhof begeben. Je näher ich den Gleisen kam, desto klarer wurde mein innerlicher Horizont. Es fühlte sich etwa so an, als würde man aus einem langen Schlaf erwachen. Man würde sich strecken und das Verlangen verspüren, etwas zu trinken oder zu essen. Der Geschmack des Wassers würde sich im Munde entfalten. Zum ersten Mal fehlte mir ein Hafen. Mein Leben war zu einer Reise geworden, doch nach so einer langen Zeit konnte ich nicht einmal mehr sagen, wohin ich ursprünglich steuern wollte.

Ich war so lange auf der Flucht vor meinem Leben gewesen, dass ich es verpasst hatte, mir ein neues aufzubauen. Ich dachte kurz an das warme Gefühl zurück, irgendwo angekommen zu sein. Der Punkt, an dem alles wieder einen Sinn ergab.

Ginger und ich hatten unsere Durchreise schließlich in Augsburg pausiert. Wir durchforsteten die komplette Innenstadt nach dem Feinkostladen der Dame, welche ich in der finstersten Zeit meiner selbst getroffen hatte. Sie war mir seit der Zugfahrt nicht mehr aus dem Kopf gegangen.

Ich musste sie wiederfinden. Und sei es auch nur für ein letztes Lebewohl. Seien es auch nur die letzten Worte, die ich einst nicht zu sagen vermochte.

Am Ende der Stadt habe ich sie dann tatsächlich wiederfinden können. Ich war sehr nervös. Das könnt ihr mir glauben.

Nach einigen Startschwierigkeiten lernten Cecilia und ich uns dann näher kennen. Ich weiß nicht, ob es so etwas wie Liebe auf den ersten Blick gibt. Manchmal trifft man jemanden und weiß, dass man keinen Schritt mehr ohne diese Person gehen will. Zusammen auf dem kurzen Weg des Lebens, der uns allen noch bleibt.
Wir hatten uns an jenem Tag beide gefunden. Es hat sich daher nicht wirklich angefühlt wie die Suche nach einer unbekannten Person. Es war die Einkehr nach einer viel zu langen Reise.

Man kommt hinein und sie lächelt dir direkt ins Herz hinein. Dich überkommt innerliche Wärme und du fühlst dich zu Hause.

Schon sehr bald hatten sich für Cecilia und mich berufliche und soziale Chancen ergeben. Wir zogen zusammen in unser erstes gemeinsames Haus an der französischen Provence.

Ginger blieb bis zu seinem Tod - sieben Jahre später - der treueste Begleiter, den man sich nur wünschen konnte.

Dennoch hatte mich das Endhown-Herrenhaus nicht mehr losgelassen. Irgendwo war es ein fester Teil von mir geworden.

Ich war sichtlich überrascht, als ich eine schriftliche Aufarbeitung der Geschehnisse von Pater Hermann erhalten hatte.
Darin setzte er Geschehnisse in Zusammenhänge und versuchte diese aus der parapsychologischen Sicht zu erklären. Ein Werk, das publiziert worden war.

Dort hatte ich auch einige sehr interessante Details erfahren können.

Die Erzählung vom Mann mit der Laterne hatte es in die Schriften geschafft. Auch war die Rede von einem dunklen Wesen. Eine finstere Gestalt, die diesen Ort seit Jahrhunderten heimsuchen soll. Die Tragik reiche zurück bis ins finstere Mittelalter. Die Geschehnisse an jenem Ort, den sie Schlachthof genannt hatten, wurde dennoch nicht näher ausgeführt.
Doch die Aussagen des Kindes wurden zusammengefasst. Einige Erlebnisse hatten

sich mit meinen überschnitten. Es war, als würden wir dieselbe Geschichte wiedergeben. Zwei unterschiedliche Blickwinkel auf eine einzige Dunkelheit.

Eine Ausführung in diesem Buch hatte mich dennoch überwältigt. Ein Gedanke, der mich immer wieder zurück ins Gästezimmer des Herrenhauses versetzte. Erneut ausgeliefert in der dämmernden Dunkelheit. Um mich herum die absolute Stille. Verloren in ewiger Finsternis. Dann das plötzliche, massive Klopfen der Haustür.
Es kam jedoch nie von der Haustür. Das Klopfen kam vom Dachboden.

ENDE

Band 2